로크미디어가
유혹하는
재미있는 세상

이것이 법이다

이것이 법이다 55

2019년 1월 21일 초판 1쇄 인쇄
2019년 1월 24일 초판 1쇄 발행

지은이 자카예프
발행인 이종주

기획 팀 이기헌 왕소현 박경무 이승제
책임 편집 최전경

발행처 (주)로크미디어
출판등록 2003년 3월 24일
주소 서울시 마포구 성암로 330 DMC첨단산업센터 3층 318호, 319호
Tel (02)3273-5135 **Fax** (02)3273-5134
홈페이지 rokmedia.com **E-mail** rokmedia@empas.com

ⓒ 자카예프, 2015

값 8,000원

ISBN 979-11-294-0838-9 (55권)
ISBN 979-11-255-9575-5 04810 (세트)

이것이 법이다

55

자카예프 장편소설

ROK
MEDIA
로크미디어

CONTENTS

계약은 평등하게 해야지

"계약 해지 및 손해배상 소송?"

황서평은 당혹감을 감추지 못했다.

자신에게 체인점이 단체로 계약 해지 소송을 걸어왔기 때문이다.

"이 새끼들이 미쳤나?"

자신이 아무리 곤란한 상황에 처했다고 하지만 아래쪽에서 이렇게 치고 나올 줄은 몰랐다.

"이번 소송을 걸어온 건 총 스물세 곳입니다. 그리고 정보에 따르면 다른 곳들과 접촉하면서 소송 참가 의사를 물어보고 있다고 합니다."

"뭐? 그러니까 우리 아래 있는 다른 애들을 빼 가려고 한다 이거지?"

"네, 회장님."

"이 씨발 새끼들을……."

황서평은 분노로 눈이 뒤집힐 것 같았다.

지난번 사태로 인해서 자신이 고난을 당하고 있는데 입 닥치고 얌전히 있지는 못할망정 감히 배신을 때려?

"내가 회장에서 물러났으면 된 거지, 뭐 어쩌라고?"

"회장님, 아무래도 저 녀석들은 다른 목적이 있는 것 같습니다."

"다른 목적?"

"이번 법정대리인이 새론입니다."

"허? 새론? 그 싸가지없는 새끼들?"

"네."

이를 빠드득 가는 황서평.

자신의 말을 안 듣고 끼리끼리 붙어 먹을 줄이야.

"법대로 하라고 해."

"네?"

"어차피 내가 갑인데 지들이 어쩔 거야? 세상은 원래 갑과 을로 나뉘어 있어. 갑이 죽으라면 죽어야지, 어디 을도 안 되는 새끼들이 기어올라? 밟아 버려. 그 새끼들한테 계약 해지에 따른 손해배상을 요구해."

"알겠습니다."

이것이 법이다

"이 새끼들이, 오냐오냐해 줬더니 감히 날 물어뜯어?"

황서평은 분노로 눈이 돌아가서 이를 박박 갈았다.

그러나 그 분노로 인해서 상대방이 누군지, 그리고 자신이 왜 맨 처음에 대룡에 사건을 맡긴 건지를 완전히 잊어버리고 말았다.

⚖️

"전에 있던 사건의 자료를 쓰는 건 안 되겠지?"

송정한은 이번 사건을 어떻게 해결하나 고민하고 있었다.

물론 간략하게 이길 수도 있지만 그건 정공법이 아니었다.

"그건 안 됩니다. 신의성실의원칙에도 위배되고, 장기적으로 봐야 합니다. 저들과 일했던 자료를 바탕으로 소송하면 나중에 우리에게 사건을 맡기는 걸 꺼릴 수도 이습니다."

"그렇겠지."

소송에 관련된 자료를 줬다가 잘못하면 나중에 자신들에게 불리하게 적용될 수 있다는 걸 알게 될 텐데 누가 새론에 사건을 맡기려고 하겠는가?

당연히 그 당시 받은 자료는 일절 써서는 안 된다.

"같은 의미에서 합의도 해서는 안 됩니다."

"응? 어째서?"

"합의는 이면이라는 게 존재하니까요. 나중에 저쪽에서,

합의할 때 재판 기록을 가지고 협박했다고 하면 타격을 입는 것은 우리입니다."

"아…… 그렇군."

그렇다면 방법은 단 하나, 자료가 남는 정식재판을 통한 승리뿐.

"이거 좀 난이도가 있군."

"압니다. 하지만 그렇다고 해서 우리가 도망갈 이유는 없지요."

"사실 계약을 해지하는 건 어려운 게 아닌데, 그 타격을 얼마나 줄이느냐가 관건일세. 다른 곳에 들어가는 거야 어려운 게 아닌데……."

다른 방법으로는 유명한 족발집에 가서 체인점을 만들자고 설득을 하는 것도 있다.

"하지만 맛을 바꾸는 건 쉽지 않지요."

노형진은 맨 처음에는 다른 족발집을 설득해서 새로운 브랜드를 만들려고 했다.

하지만 맛이 변하면 손님도 끊어진다면서 다들 고민이 많았다.

"어찌 되었건 황부자네 족발이 맛 자체는 흠잡을 수가 없으니까."

만일 맛이 없었다면 황부자네 족발이 이렇게 거대한 체인이 될 리 없다.

맛 자체가 보장되니까 사람들이 몰려오는 것이다.

"그 부분에 대해서도 방법을 생각해 놨습니다."

"방법을 생각해 놔?"

"네, 갑이 언제나 갑이라는 법은 없으니까요."

노형진은 씩 미소 지었다.

"제가 부탁한 것만 확실하게 해 주시면 됩니다."

노형진의 말에 송정한은 고개를 끄덕거렸다.

"그 부분은 걱정하지 말게."

"자, 그러면 갑에게 을들이 얼마나 무서운지 보여 주러 가지요."

⚖️

"재판을 시작하겠습니다."

재판이 시작되고 나자 노형진은 화려한 언변으로 상대방을 공격하기 시작했다.

"재판장님, 피고 측은 황부자네 족발이라는 이름으로 영업하고 있습니다. 피고 황서평은 그 대표로서, 황부자네 족발의 상표권을 유지하고 관리하며 그 금전적 가치 및 사회적 가치를 보전해야 하는 막중한 책임이 있습니다. 그러나 황서평은 그 가치를 보전하지 못했을 뿐만 아니라 심각한 실책을 저질러서 결과적으로 황부자네 족발이라는 브랜드의 가치는 바닥에 떨어졌습니다. 프랜차이즈 계약이라는 것은 기본적으로 그 브랜드의 가치가 존재해야 하는 것인 만큼, 그에 따른 책임을 다하지 못한 황서평의 과실이 크기 때문에 이 책임을 물어 계약 해지를 인정하여 주시기 바랍니다."

세상에 그 어떤 사람도 막대한 돈을 줘 가면서 브랜드 가치가 없는 물건을 사지는 않는다.

당장 컴퓨터만 봐도 전자 상가 등지에 가서 맞추면 더 싼 가격에 더 높은 사양의 제품을 살 수 있음에도 불구하고 거대 기업에서 사는 것은 그 브랜드 가치라는 것에 매달리기 때문이다.

"그건 중요한 게 아니라고 보입니다. 브랜드 가치는 떨어질 수도 있고 다시 올라갈 수도 있습니다. 과거 콕스콜라 같은 곳들 역시 한때 가치가 떨어진 적이 있지만 지금은 그 가치가 더 높이 인정되고 있지 않습니까?"

그건 맞는 말이다.

한때 콕스 콜라는 라이벌에 밀려서 그 가치가 떨어지기는 했지만 지금은 회복하여 다시 그 자리를 빼앗아 올 수 있었다.

"그건 어디까지나 그곳이 개혁의 의지가 있었기 때문이고, 그들의 브랜드 이미지가 떨어진 것은 수뇌부의 잘못된 선택에 따른 것이었습니다."

전 세계적으로 건강 음료가 유행하는데도 그쪽으로는 전

혀 신경 쓰지 않고 콜라에만 매달린 것이 문제였던 것이다.

"우리도 마찬가지입니다. 브랜드 가치가 일시적으로 떨어졌다고는 하나 충분히 제 가치를 인정받을 수 있는 수준까지 다시 올라갈 수 있습니다."

상대방 변호사는 브랜드 가치가 언제든 다시 올라갈 수 있다고 주장했다.

물론 맞는 말이다.

그러나 그것은 어디까지나 그 브랜드가 정상적일 때의 이야기다.

"하지만 콕스 콜라는 최소한 대리점이나 영업점에 썩은 콜라는 안 팔았습니다. 단순히 트렌드에 늦게 반응했을 뿐이지요."

"우리도 썩은 건 안 팔았습니다."

"유통기한이 지난 걸 팔았잖습니까?"

"그건 전혀 다르지요."

"다를 게 뭐가 있나요?"

"일단 섭취에는 영향이 없습니다."

"그걸 말이라고 합니까? 하."

모든 음식에는 수명이라는 것이 있다.

그런데 본사에서는 유통기한이 다한 족발을 다시 삶아서 보냈다.

물론 썩지는 않았다.

그리고 다시 삶아 냈으니 식중독이 발생할 가능성도 낮다.

그러나 그건 어디까지나 그들의 주장일 뿐.

"그럴 거면 법적으로 왜 유통기한이 있습니까? 아예 썩기 직전까지 팔아 보시지요."

"유통기한은 회사에서 정하는 겁니다. 재조리해서 파는 건 엄연한 조리법입니다."

"풋."

방청석에서 앉은 사람들이 비웃음을 날렸다.

말도 안 되는 소리였기 때문이다.

"그래서 그 재처리를 해서……."

"재처리가 아니라 재조리입니다."

노형진의 말에 트집을 잡아서 물어뜯는 상대방 변호사.

노형진은 순순히 고개를 끄덕거렸다.

"그래서 그 재조리를 해서 사람들에게 공급한 것에 대해서는 합법이라 생각하신다 이거지요?"

"당연하지요. 족발의 조리법은 푹 삶아서 맛을 내는 겁니다. 그걸 두 번 삶으면 당연히 그 맛이 더욱 진해지지요."

말도 안 되는 궤변으로 정당성을 주장하는 변호사.

하지만 그는 금방 자신의 말을 후회했다.

"하지만 재처리, 아니 재조리된 과정을 국민들에게 공개하지 않으셨잖습니까? 그러면 사람들은 뭐라고 할까요? 결국은 재활용이라고 생각하지 않겠습니까?"

"자꾸 재처리니 재활용이니 하지 마세요. 재조리 과정입니다."

어떻게 해서든 피해를 줄여야 하기 때문에 상대방 변호사는 재조리 과정이라고 우기고 있었다.

물론 그의 말이 완전히 틀린 것은 아니다.

족발을 다시 삶으면 위험성은 현저히 낮아지는 것이 사실이기 때문이다.

그러나 문제는 사람들의 관점에서 보는 음식의 기준.

"그러면 말 돌리지 말고 단도직입적으로 물어보지요. 피고 측 변호인은 그렇게 재조리된 음식을 다시 먹을 생각이 있습니까?"

"그렇습니다."

"하지만 사람들은 안 그렇던데요?"

"뭐라고요?"

"재판장님, 사람들의 여론조사 결과를 참고 자료로 제출합니다. 서울을 비롯한 대도시 아홉 군데에서 조사한 결과로, 음식물을 재활용하는 것이 얼마나 사람들과 브랜드에 악영향을 주는지에 관한 증거입니다."

노형진이 제법 두꺼운 서류철을 꺼내서 흔들자 상대방 변호사는 당황한 표정이 되었다.

설마 여론조사까지 해 올 줄은 몰랐던 것이다.

그는 다급하게 사본을 받아서 어떻게 해서든 꼬투리를 잡으려고 했다.

"재판장님, 이 서류는 조작된 것이 분명합니다."

"조작된 게 아닙니다. 여론조사를 하면서 거기에 전화번호를 기재해 놨으니 확인해도 됩니다."

이미 그런 반격은 예상하고 있었기 때문에 충분히 대응책을 세워 둔 노형진.

그러자 그는 다른 쪽으로 꼬투리를 잡았다.

"재판장님, 이 여론조사는 애초부터 잘못된 것입니다. 설문 조사 문항이 음식물 재활용에 대한 것 아닙니까? 정식 명칭은 '재조리'입니다! '재조리'!"

이제는 어떻게든 막기 위해서 단어 하나를 물고 늘어지는 피고 측 변호인.

그러나 그게 그의 실수가 되었다.

"재조리라……. 그러면 묻겠습니다. 그 재조리가 회사 차원에서 체계적으로 명시된 조리 방식 및 처리 과정인가요?"

"당연히……."

말하려던 변호사는 아차 싶었다.

그러나 이미 말을 꺼냈다.

'어쩔 것이냐, 후후후.'

저들은 아래쪽에서 과잉 충성으로, 무단으로 한 것이라고 주장하고 있었다.

그런데 재조리가 회사 차원에서 벌어지는 일이라면 그 주장은 힘을 잃어버리게 된다.

그렇다고 아니라고 해 버리면, 누가 봐도 재조리가 아닌 음식물 재활용이 된다.

　"재조리라고 한다면 회사 차원에서 그걸 관리하고 계획적으로 운영한 것 아닙니까?"

　자신이 함정에 빠진 걸 안 변호사는 순간 말문이 콱 막혔다.

　"어떻게 생각하시는지요?"

　"음……."

　그는 잠깐 고민하다가 힘들게 입을 열었다.

　"그런 문제로 싸울 시간 없습니다. 그리고 회장님이 물러나시면서 책임졌는데 이제 와서 무슨 의미가 있습니까?"

　말을 돌리려고 하는 피고 측 변호사.

　그러나 그런 말 돌리기는 친구들 사이에서나 가능하지, 법정에서 가능할 리 없었다.

　"아직 답변하지 않으셨습니다. 회사 차원에서 오더의 명령을 받아서 체계적으로 벌어진 일인 건가요, 아니면 일부 과잉 충성파가 벌인 일인가요?"

　"저도 잘……."

　"피고 측 변호인, 답변하세요."

　자꾸 대답을 피하는 그를 보면서 판사까지 근엄한 목소리로 한마디 하자 그의 표정은 점점 어두워져 갔다.

　'그래, 둘 중 하나를 선택해야지. 회사냐, 아니면 황서평이냐.'

여기서 오더라고 하면 현재 형사처벌과 관련해서 조사받고 있는 황서평이 곤란해지고, 몇몇의 과잉 충성이라고 하면 재조리라는 주장이 말도 안 되는 소리가 되어 버린다.

"피고 측 변호인! 대답하세요!"

노형진이 몰아붙이자 그는 입술을 깨물었다.

"그건……."

회사를 살릴 것이냐, 아니면 회장을 살릴 것이냐.

그리고 그의 선택은 회장이었다.

"몇몇의 과잉 충성이었습니다."

"그러니까 정확한 처리 규정도 없이 그냥 음식을 모조리 수거해 와서 다시 삶아서 내보냈다? 표준 절차가 있으면 모를까, 표준 절차도 없는데 그걸 조리라고 할 수 있을까요? 제 귀에는 음식물 재활용으로 들리는데요."

자기 꾀에 자기가 빠진 변호사는 당황해서 어쩔 줄 몰라 했지만 이제 와서 뭐라고 하든 자기변명밖에 되지 않았다.

"그리고 아까 회장님이 물러났다고 하셨지요?"

"그렇습니다."

"그런데 황부자네 족발은 개인기업 아닙니까? 재판장님, 여기, 기업에 대한 기록을 제출하는 바입니다. 보다시피 황부자네 족발은 현재 개인 사업자로 되어 있습니다. 그런데 법적으로 물러나는 것이 가능한가요?"

"전문 경영인을 세우는 거야 가능하지요. 주식회사도 마찬가지 아닌가요?"

물론 가능하다.

주식회사의 경우도 회장이 물러나고 전문 경영인을 세우는 경우가 있기 때문이다.

하지만 주식회사와 개인 사업자는 전혀 다르다.

"전문 경영인을 앞에 세울 수는 있지요. 하지만 전문 경영인이 개인 사업자 아래에서 무슨 의미가 있지요?"

주식회사라면 사고를 친 사장이나 회장을 다른 주주들이 몰아낼 수 있지만, 개인 사업자의 기업은 말 그대로 개인의 기업이다.

황서평이 물러났다고 해도 전문 경영인은 그냥 직원 이상의 의미는 없는 것이다.

"더군다나 이상한 점이 한두 개가 아닙니다."

노형진은 뭔가를 꺼내 들었다.

"재판장님, 이 증거를 받아 주시기 바랍니다. 지난 며칠간 황부자네 족발 본사의 아침을 찍은 사진과 동영상입니다."

노형진은 모니터에 USB를 꽂고 동영상을 재생했다.

화면상의 시간은 대략 오전 10시 30분쯤.

갑자기 입구가 부산스러워지더니 한 무리의 사람들이 입구에서 우르르 나와서 양옆으로 줄을 서는 것이 보였다.

잠시 후 한 대의 차량이 그들 앞에 서고, 운전기사가 재빨리 내려서 뒷문을 열었다.

그리고 그 안에서 황서평이 나와 건물 안으로 들어갔다.

그런데 그 이후가 가관이었다.

　

－회장님, 힘내십시오!

　

마치 연습이라도 한 것처럼 두 줄로 선 사람들이 한꺼번에 고개를 숙여서 인사하는 것이다.

"허?"

이런 장면이 있을 거라고 생각하지도 못한 상대방 변호사는 깜짝 놀란 표정이 되었다.

"촬영 날짜를 봐 주시기 바랍니다. 분명히 회장직에서 물러나고 난 이후에 촬영된 동영상입니다."

누군가의 제보로 진행된 촬영은 계속해서 거의 매일같이 같은 모습을 보이고 있었다.

"내부 제보자의 말에 따르면 따로 불러다가 연습까지 시킨다고 하더군요."

"미친……."

"제정신이야?"

웅성거리는 사람들.

설마 저 정도로 막장 짓을 할 줄은 몰랐던 것이다.

"그리고 이상한 점이 하나 더 있습니다. 바로 전문 경영인의 신분입니다. 정확하게는 약력이라고 표현해야겠지요."

노형진은 지금 전문 경영인으로 등록된 사람을 조사했다.

그런데 그 내용을 보고 실소를 금할 수가 없었다.

"현재 황부자네 족발의 대표로 선임된 사람은 요식업에 있어 본 적도, 기업을 경영한 적도 없습니다. 약력에 따르면 중졸이고 반지하에 살고 있다고 합니다. 주변에 알아보니 원래 운전기사였다고 합니다."

붉으락푸르락해지는 피고 측 변호사.

설마 전문 경영인의 뒷조사까지 했을 줄은 몰랐던 것이다.

하지만 그게 끝이 아니다.

"그런데 참으로 이상한 게, 전 직장이 황부자네 족발로 되어 있더군요."

전직 운전기사에, 이전 직장이 황부자네 족발이라는 것은 결국 답은 정해져 있다는 소리다.

"언제부터 전문 경영인으로 자기 운전기사를 썼을까요?"

사실 내부에서 승진한 사람이라고 한다면 이해라도 할 수 있다. 경험이 있으니까.

하지만 이 경우는 이해도 안 된다.

능력이나 재능을 떠나서, 아예 경험이 없는데 과연 누가 전문 경영인으로 쓰겠는가?

그러나 일은 거기서 끝난 게 아니었다.

"자, 그러면 한 가지만 확인해 보시지요."

"또 뭘 확인합니까!"

불안감이 스멀스멀 올라오자 소리를 버럭 지르는 피고 측 변호사.

그러나 노형진은 대꾸하는 대신에 아까 보던 동영상을 앞으로 되돌려서 한 곳에서 멈췄다.

그리고 한 장의 사진을 꺼내어 그 화면 옆에 붙였다.

"요즘 회장님은 운전기사로 투잡도 뛰는가 봅니다?"

헐레벌떡 차에서 내려 황서평의 문을 열어 주는 운전기사.

그 사람이 전문 경영인이라고 하는 사람과 똑같이 생겼다.

"기업 상황이 얼마나 안 좋으면 회장님이 운전기사로 투잡까지 뛰실까요?"

"풋."

명백한 비꼼에 어쩔 줄 몰라 하는 피고 측 변호사와 웃는 방청객들.

"재판장님…… 휴정을 요청합니다."

피고 측 변호사는 영혼까지 갈린 표정으로 말했다.

이건 전혀 생각지도 못한 일이었다.

이런 증거가 나온 상태에서 무슨 싸움을 하란 말인가?

물론 사건 자체와 관련이 있는 건 아니지만 대놓고 국민을 속이겠다는 건데, 그걸 좋게 볼 판사는 없었다.

당연히 피고 측 변호사는 일단 재판을 멈출 수밖에 없었고, 노형진은 그런 그를 향해 씨익, 미소를 보냈다.

"아주 그냥 혼까지 탈탈 털리는구먼."

"갑질 하는 회장님들의 성격을 너무 만만하게 본 거죠."

사과? 반성? 그딴 건 없다.

회장이라는 작자들은 공식적으로는 사과할지언정 돌아서면 개돼지들에게 고개를 숙여야 했다고 분노를 쏟아 내는 것이 보통이다.

"그나저나 상대방이 어떻게 나올까?"

"뻔하지요. 자를 겁니다."

"뭘?"

"운전기사요."

송정한의 질문에 간단하게 대답하는 노형진.

확실히 자른다. 황서평은 절대로 이런 문제를 그냥 두는 사람이 아니다.

"문제가 되었으니 자르고, 내부에서 적당히 승진시키는 방향으로 가겠지요."

"흠……."

"뭐, 그리고 그게 제가 노리는 방향이고요."

앞으로 뭘 하든, 그들은 깊은 수렁으로 빠질 수밖에 없었다.

"절 고용한다고요?"

"네. 어떻게 생각하십니까?"

해직된 운전기사, 아니 전직 회장은 침을 꿀꺽 삼켰다.

"어차피 이제 와서 다른 곳에 취직하는 게 불가능하신 건 아시죠?"

"……."

"황서평이 어떤 인간인지 충분히 아실 텐데요?"

안다.

얼마나 개판인지 모를 리 없다.

심심하면 구타하고 발로 차고 무시하고…….

"중졸 학력에 기술은 가진 게 없고, 그러니 어디로 가지도 못한다는 거 알고 막 대했잖습니까?"

"……."

"그리고 이번 사건이 터졌구요."

그를 대표로 앉혀 두고 그 순간만 넘어가면 된다고 생각했는데 노형진이 대번에 알아차리고 드러내 버리는 바람에 그는 회장직에서도 잘렸다.

아니, 회장직에서만 잘린 게 아니라 운전기사로도 잘렸다.

"우리 쪽에서 고용해 드리겠습니다. 다만 사람들의 눈치가 있으니 사건 종료 후에 3개월이 지나면요. 대략 6개월에서 7개월 후에 출근하시는 셈입니다."

"하지만……."

우물쭈물하는 남자.

그럴 수밖에 없는 게, 하루 벌어 하루 사는 처지에 그렇게 쉬면 집안이 흔들리기 때문이다.

"물론 우리가 그냥 요구하는 건 아닙니다. 진실을 알려 주시면 보상금을 드리지요. 대략 3천 정도면 되겠습니까?"

"헉!"

3천. 그 정도면 충분히 버틸 수 있는 돈이다.

아니다. 버티는 정도가 아니라 월급보다 많다.

"월급도 올려 드릴 테고요."

송정한은 노형진 덕분에 생수 수입 기업의 주식을 거래해서 어마어마한 돈을 벌었고, 그 돈으로 직원 복지를 위해서 출퇴근용 버스를 운영하기로 했다.

매일같이 출퇴근하는 직원들의 안전과 휴식을 위해서 말이다.

그래서 때마침 운전기사가 필요한 시점이었던 것이다.

물론 버스다 보니 대형 면허가 필요하지만 7개월이면 어렵지 않게 대형 면허를 딸 수 있는 기간이다.

더군다나 그는 평생 운전만 했으니 어려운 일도 아닐 것이다.

"진실이라고 한다면 뭘 말씀하시는 겁니까?"

"당하신 걸 그대로 말씀하시면 됩니다."

"제가 당한 거요?"

"네, 그냥 당하신 그대로 말씀하시면 됩니다. 가감 없이요. 우리가 요구하는 건 진실을 말하라는 거지, 거짓말을 하라는 게 아닙니다."

운전기사는 입술을 슬며시 깨물었다.

"생각 좀 해 보겠습니다."

"그러시지요. 때로는 그게 가장 힘든 일일 테니까요."

노형진은 그에게 매달리지 않았다.

그저 기회를 줄 뿐이었다.

그와 헤어지고 난 후에 손채림이 걱정스럽게 말했다.

"설득하는 게 좋지 않겠어?"

"아니. 어차피 저 사람은 우리한테 올 수밖에 없어."

"어? 왜?"

"운전기사가 할 수 있는 일은 한정되어 있거든."

개인 운전기사라는 직업을 하고자 하는 사람은 많다.

그러나 운전기사를 고용하고자 하는 사람은 그다지 많지 않다.

"하물며 그는 다른 기술이 있는 사람도 아니야."

그러니 그쪽으로 갈 수밖에 없다.

"문제는 황서평이 좋은 놈은 아니라는 거지."

일단 주변에 일종의 압력을 넣을 것은 당연한 일이다.

"그리고 그는 얼굴이 팔렸잖아."

설사 황서평이 압력을 넣지 않는다고 해도, 그는 언론에 얼굴이 팔린 상황이다.

이유야 어찌 되었건 고용하는 사람 입장에서는 여러모로 부담된다.

"아마 그를 고용하는 순간 회장님이 사장님을 모시고 다닌다고 비아냥거림당할걸."

"아아."

자기 편하자고 고용하는 게 운전기사인데 구설수에 오를 만한 사람을 고용하려고 하는 곳은 없을 것이다.

"결국은 올 수밖에 없는 거네."

노형진은 고개를 끄덕거렸다.

"그러니까 우리는 그때를 기다리기만 하면 되는 거야."

⚖️

얼마 후, 진짜로 그는 노형진을 찾아왔다.

다른 곳에 취업하려고 했지만 불가능했던 것이다.

다른 사람에게서 그가 얼굴이 팔려서 더 이상 이쪽에서 일하지 못할 거라는 말을 듣고는 노형진에게 올 수밖에 없었다.

그리고 사건은 속전속결로 진행되었다.

–운전기사로서 전 가족의 생계를 위해서 일해야 했습니다. 황서평 회장은 저를 상습적으로 구타했고 운전 중에 제 운전석 뒤쪽을 발로 차기도 했습니다. 욕먹는 건 다반사였고, 버스 전용 차로로 달리라고 해서 어쩔 수 없이 법을 위반하고 거기로 달려야 하는 경우도 있었습니다. 그러다가 차선 위반으로 걸리면 그 벌금은 제 돈으로 내야 했습니다. 심지어 사이드미러를 접고 운전하라고 한 경우도 있습니다. 그리고 타고 있던 차량을 추월했다는 이유로 다른 차량에 대해서 보복 운전을 지시해서 어쩔 수 없이 보복 운전을 한 적도 있었고……

"얼씨구, 좋다."

자기 함정에 자기가 빠지는 꼴을 보면서 노형진은 싱긋 웃었다.

자기가 편하자고 해직했을 테지만 설마 뉴스에서 기자회견을 할 거라고는 예상도 못 했을 것이다.

"자, 이제 이 정도면 아주 영혼까지 털어 낼 수 있겠지?"

안 그래도 시끄러운 추문에 매출이 폭락했는데 이번에는 다른 건수까지 터졌으니 황부자네 족발의 매출은 바닥을 뚫을 기세였다.

"손해배상은 어렵지 않게 나올 거야."

회장이 모든 일을 저지른 데다가 그의 개인기업이고, 그로 인해서 명백하게 손해가 발생했다.

그러니 얼마 후 계약 해지를 하고 그에 따른 손해배상을 받는 것은 어려운 일이 아니었다.

"참가하는 곳은 더 늘었어?"

"현재 마흔아홉 개로 늘었어. 아마 우리가 바로 작전에 들어가면 더 늘어날 거야."

"그렇겠지."

노형진은 고개를 끄덕거렸다.

황서평은 어떻게 해서든 수습하려고 하겠지만 노형진에게 걸린 이상 그는 더 이상 재기할 수 없었다.

"자, 두고 보자고, 후후후."

⚖

얼마 후, 판결이 떨어졌다.

황서평은 브랜드를 임차하고 그 관리 책임이 있는 자로서 그 브랜드의 가치를 지켜야 하는데, 그 책임을 다하지 못했을 뿐만 아니라 고객들과 가맹점주들을 속이고 유통기한이 지난 족발을 공급했으므로 계약을 해지하고 그에 따른 손해 배상을 하라는 판결이었다.

"후후후."

판결문을 든 노형진은 눈을 반짝거렸다.

"의외네. 왜 이렇게 쉽게 나오는 거야?"

"뭐, 여러 가지 이유가 있지만 가장 큰 이유는 음식을 속였다는 거지."

그가 그냥 범죄를 저질러서 이름이 떨어졌다면 계약 해지는 몰라도 손해배상까지는 나오지 않았을 것이다.

하지만 명백하게 유통기한이 지난 음식을 넘겨줘 심각한 타격을 입혔다. 그러니 당연히 손해배상을 해 줄 수밖에.

"그런데 그쪽이 돈을 줄 여력이 될까?"

"지금은 그렇겠지."

노형진은 그렇게 말하면서 씩 웃었다.

"하지만 미래에도 그러라는 법은 없지, 후후후."

"절대 못 줘! 법대로 해! 항고해!"

황서평은 부들부들 떨었다.

자신이 질 줄은 몰랐던 것이다.

"하지만 애초에 이길 수 있는 가능성이 낮았고……."

그냥 황서평 혼자 사고 친 거라면 모르겠는데 음식을 속여서 팔았으니 이길 수 없는 건 당연한 일.

"상하지 않았으면 되는 거 아냐? 잘 처먹었으면 그만이지! 그걸 먹고 죽은 놈이 있어? 아니면 입원한 놈이 있어? 멀쩡하잖아? 그러면 된 거 아냐!"

황서평은 멀쩡하면 그만이라고 생각하면서 분노에 부들부들 떨었다.

　"당장 항고하고 변호사 바꿔! 뭐? 이길 수 있어? 이 개새끼!"

　이를 박박 가는 그였다.

　그런데 눈앞에 가장 보기 싫은 놈이 나타나자 그는 눈이 돌아갈 것 같은 기분이었다.

　"항고는 하셔도 되지만 이기기는 힘들 텐데요."

　"노형진? 이 개새끼가 여기가 어디라고 기어들어 와!"

　모습을 드러낸 노형진을 보고 눈이 뒤집히는 황서평.

　당장이라도 주먹을 날려 버리고 싶은 그였지만 그 뒤에 있는 사람들을 보니 차마 그럴 수는 없었다.

　"저 새끼들은 뭐야?"

　"아, 이분들요? 압류관들요."

　"뭐라고?"

　"돈 안 주실 거잖아요."

　노형진은 씩 웃었다.

　애초에 주지 않을 거라는 것을, 그리고 항고할 거라는 것을 다 알고 있었기 때문이다.

　"안 주신다고 하니 당연히 가압류를 해야지요."

　"이런 미친……."

　"미치고 자시고, 우리는 법대로 합니다."

　노형진은 미소로 답했다.

"그러면 압류 시작하시지요."

노형진은 압류관들에게 자리를 비켜 줬다.

그런데 압류관들은 딱지가 아닌 제법 두툼한 서류를 내밀었다.

"이게 뭐야?"

"뭐긴요, 압류지."

"압류?"

보통 압류라고 하면 건물이나 물건에 딱지를 붙이거나 소유한 것을 빼앗는 것을 뜻한다.

그런데 압류관은 딱지를 붙이는 게 아니라 서류를 줬다.

"이게 뭔데?"

"압류 관련 서류입니다."

그는 짧게 말했다.

뭔지 몰라서 어리둥절하던 황서평은 그걸 살펴보았다. 그리고 눈이 뒤집힐 것 같은 분노를 느꼈다.

"야, 이 개새끼야!"

황서평은 주먹을 쥐고 달려들었다.

그러나 이내 다른 직원들에게 붙들렸다.

"회장님, 진정하십시오!"

"아이구, 물러나셨다고 하더니 다시 취업하셨나 봐요? 회장님이라니."

노형진이 빈정거렸지만 눈이 돌아간 황서평은 다른 사람

들을 밀어내고 달려들려고 했다.

"이 새끼야! 죽여 버릴 거야!"

길길이 날뛰는 황서평.

그도 그럴 것이, 압류된 것이 다름 아닌 상표와 조리법이었기 때문이다.

"이 개새끼!"

"뭐, 욕해 주셔서 감사합니다. 오래 살겠네요."

노형진은 볼일 다 보았다는 듯 손을 흔들면서 그곳을 나왔다.

그 뒤에서는 분노에 찬 고함 소리가 터져 나왔다.

"으아아!"

⚖️

"상표권과 조리법이라……. 이건 진짜 신의 한 수인데?"

"그렇지? 후후후."

사람들은 상표권과 조리법을 무심하게 넘어가는 경우가 많다.

하지만 상표권과 조리법은 엄연하게 재산적 가치를 지니고 있다.

"회장이라는 작자들이 돈을 빼낼 때 가장 많이 쓰는 방법이 바로 상표권이지."

가령 A라는 브랜드가 있을 때, 사람들은 그 브랜드를 모회사의 상표라고 생각하는 경우가 많다.

하지만 자칭 회장이라는 작자들은 그 A라는 브랜드를 자신의 상표로 등록하고 기업에서 그 A라는 브랜드를 빌려서 쓰는 방식으로 매년 수십억을 빼낸다.

기업의 입장에서는 그럴 이유가 없는데 회장의 돈을 위해서 기업이 희생되는 것이다.

"그런데 반대로 말하면 A라는 브랜드는 재산적 가치거든."

그리고 재산적 가치는 압류 및 거래의 대상이 될 수 있다.

그게 바로 노형진이 노린 그들의 약점이었다.

"조리법도 마찬가지야. 황부자네 족발은 특허받은 조리법이라고 열심히 홍보했지. 그리고 그게 사실이고."

그러나 특허로 등록한 순간 그건 재산적 가치가 인정된다. 당연히 압류의 대상이다.

"물건 조금 털어 봐야 황부자네 족발에 그다지 영향은 못 줘. 하지만 상표와 조리법은 이야기가 달라지지."

어떠한 브랜드가 존재하기 위해서 가장 필수적인 것.

그게 바로 상표와 특별한 제작 방법이다.

그런데 다른 물건은 그냥 두고 그 두 개에 대한 압류를 걸었으니 황서평이 눈이 안 돌아갈 리 없다.

"하지만 아직은 그게 얼마나 무서운지 확실히 모를걸."

노형진은 씩 웃으면서 가게 안으로 들어갔다.

그러자 파리가 날리던 가게 안에서 사장으로 보이는 남자가 벌떡 일어났다.

"어서 오세요. 두 분이신가요?"

"손님이 아닙니다. 변호사입니다."

"변호사요?"

고개를 갸웃하는 남자.

노형진은 그에게 다가갔다.

"여기 황부자네 족발 체인점 사장님이신가요?"

"그런데요?"

"아, 그러면 이야기가 빠르겠네요. 사실은 황부자네 족발 상호와 조리법에 관해서 이야기해 드릴 게 있거든요."

"이야기요?"

"네."

"전 소송에 끼고 싶지 않은데……."

사실 소송을 건 체인점보다 그러지 않은 체인점이 많은 것이 사실이다.

체인점주들의 입장에서는 계약 해지가 무척이나 무서운 말이기 때문이다.

그렇게 되면 투자한 돈을 모조리 날리게 되니 울며 겨자 먹기로 버티는 것이다.

'그럴 때는 선택권을 주는 거지, 후후후.'

물론 착한 선택권은 아니다.

　확실하게 망할 것이냐, 아니면 망할 가능성이 높은 쪽으로 갈 것이냐의 차이 정도?

　"소송이 아니라, 해당 브랜드 상호와 조리 방식에 대한 특허권이 압류되었다는 것을 말씀드리러 온 겁니다."

　"네? 그게 무슨 말씀이십니까?"

　"아직 경매가 끝난 건 아니지만 황부자네 족발이라는 상호에 대한 압류가 시작된 이상, 조만간 그 브랜드를 사용하지 못하게 될 거라고 고지하러 온 것입니다. 물론 본인이 사신다면 모를까."

　"네에?"

　남자는 멍하니 노형진을 바라보았다.

　이해가 가지 않았던 것이다.

　하지만 노형진은 그가 이해를 하든 말든 더 큰 폭탄을 던져 줬다.

　"그리고 조리법 역시 압류되었습니다."

　"그게 뭔 소리예요?"

　"족발의 공급이 끊어질 거라는 뜻입니다."

　"뭐라고요!"

　너무 놀라서 자리에서 벌떡 일어나는 남자.

　상호야 어차피 개판이 된 상태이니 조만간 회사 내부에서 바꿔 주지 않을까 하고 생각하고 있었지만, 조리법을 빼앗겨서 아예 족발이 안 들어오는 것은 전혀 예상하지 못한 말이었기 때문이다.

"잠깐만…… 잠깐만……. 제가 이런 걸 잘 몰라서 그러는데 제발…… 한 번만 자세하게 설명해 주세요."

"그러지요."

노형진은 그에게 차분하게 설명해 줬다.

상호와 조리법은 재산적 가치를 가지고 있으며, 그게 지난번 소송 이후에 원고인 가맹점주 비상대책위원회에 넘어갔다는 것. 그리고 가맹점주 비상대책위원회에서는 소송에 참가하지 않은 족발집에 원천적으로 사용권을 줄 생각이 없다는 것이다.

"그러니 조만간 상호를 바꾸시고 다른 공급 업체를 알아보셔야 할 겁니다."

남자는 털썩 주저앉았다.

가게 이름이야 바꾸는 게 어렵지 않다지만 만들 줄도 모르는 족발을 어디서 공급받는단 말인가?

그렇다고 어디 시장에서 사다가 팔자니, 누가 봐도 맛의 차이가 심하다.

"제발……. 그렇게 하시면 전 망합니다! 제발요! 한 번만 봐주십시오!"

"우리는 어쩔 수 없습니다."

노형진은 어깨를 으쓱했다.

"의뢰인들의 확고한 의지이구요."

"하지만 회사에서 돈을 줄 수도 있지 않습니까?"

"그렇지요."

노형진은 순순히 고개를 끄덕거렸다.

그러나 속으로는 다르게 생각하고 있었다.

'하지만 줄 수가 없을걸.'

애초에 순순히 돈을 그쪽에서 줬다면 자신의 계획이 틀어
졌을 것이다.

이 계획을 실행하기 위해서는 어떻게든 시간을 벌어야 하
는데, 황서평은 아주 고맙게도 돈을 주는 대신에 노발대발
분노해서 항고를 선택했다.

그 덕분에 충분한 시간을 벌 수가 있었던 것이다.

"하지만 그곳이 금전적으로 줄 수 없으니까 문제지요."

"뭐라고요?"

"그곳은 금전적인 사정이 좋지 않습니다. 아마 여기 가맹
점비도 못 돌려줄걸요."

남자는 어찔어찔한 듯 휘청거렸다.

그렇게 되면 자신은 망한다. 확실하게 망한다.

전 재산과 퇴직금을 투자했는데 망하다니.

"변호사님…… 제발 한 번만 봐주십시오."

"저도 도와드리고 싶지만 의뢰인들의 의견이 아주 확고합
니다. 소송에 들어가지 않은 사람들에게는 사용권을 주지 않

을 거랍니다."

"네? 그러면 우리는요?"

"저희야 모르죠."

"안 됩니다. 전 이게 전부입니다. 이거 망하면 진짜 한강
에 가는 수밖에 없습니다."

노형진에게 다급하게 매달리는 남자.

노형진은 그런 그를 보면서 안타까운 듯 말했다.

"그런다고 해 봐야 소송 말고는 답이……."

"소송요?"

"네. 소송에 참가한 당사자만 허락한다고 했으니 지금이
라도 가서 소송하신다고 하면, 어쩌면 허락이 떨어질지
도……."

남자는 멍하니 노형진을 바라보았다.

"어쩔 수 없습니다."

결국 이쪽 아니면 저쪽 중에서 하나를 고르라는 최후통첩
이었다.

그리고 누가 유리한지 뻔하게 보이는 상황에서 그 남자가
선택할 수 있는 곳은 한 곳뿐이었다.

⚖

"이게 사실입니까?"

"네."

노형진은 두툼한 서류 사본을 꺼내서 내밀었다.

"전국에 있는 황부자네 족발 체인점 중에서 93%가 소송에 동참했습니다."

"이런……."

남자의 눈이 씰룩거렸다.

아마도 당황하면 나오는 일종의 버릇인 듯했다.

"지금 족발을 공급하시면 그 돈을 받기 힘드실 겁니다."

그는 황부자네 족발에 족, 그러니까 돼지 발을 공급하는 업자였다.

아무리 체인점이라고 하지만 자기네들이 직접 족을 잘라 올 수는 없으니 결국 업자를 낀 것이다.

그런 그에게 노형진은 며칠간 손채림과 다른 사람들이 수거해 온 소송 의뢰서를 내밀고 있었다.

"황부자네의 상황이 이렇게나 안 좋을 줄이야."

"물론 공급하셔도 상관없습니다만, 어차피 그건 썩어서 버리게 될 텐데요?"

족발 조리법에 대한 사용 금지 가처분 신청을 내놓은 상황에서 소송은 계속되고 있기 때문이다.

"공급량 자체도……."

안 그래도 불매운동 때문에 매출이 확 줄었다.

거기에 엎친 데 덮친다고 기사 폭행 사건과 보복 운전 사

주까지 걸리면서 황부자네 족발의 판매량이 심각하게 떨어졌는데, 이번에는 93%가 소송을 걸었단다.

"본사에서는 공급을 끊어 버리겠군요."

"그러겠지요."

바보가 아닌 이상에야 본사는 체인점에 대한 족발 공급을 끊을 것이다. 그리고…….

'아, 피해가 엄청 큰데.'

대번에 큰손님을 잃어버린 남자는 심각하게 고민하는 표정이 되었다.

"그런데 업주분들이 따로 공급 업체를 만드실 생각이더군요."

"공급 업체를요?"

"네. 그대로 다 같이 망할 수는 없지 않습니까? 어차피 레시피는 이미 가지고 왔는데요."

"그런가요?"

"네. 적당한 기업을 찾아서 의뢰를 할 거라고 하더군요."

"적당한 기업이라…….""

족발 공급 업체 사장은 침음성을 흘렸다.

적당한 기업이라는 말이 참 애매하다.

물론 자신이 하는 일은 없을 것이다. 자신은 족발을 공급할 줄만 알지, 만들 줄은 모르니까.

설사 레시피가 있다고 해도 거기까지 확장하고 싶은 생각은 없었다.

'하지만……'

93%의 체인점이 동맹해서 만든 브랜드라면 그곳이 어마어마한 큰손이 될 것은 당연한 일이다.

더군다나 레시피까지 확보했다면야.

"우리한테 뭔가 요구하시려는 모양이군요."

그는 사업하는 사람답게 재빨리 노형진이 자신을 찾아온 이유를 알아차렸다.

"간단합니다. 황부자네 족발에 대한 족의 공급을 멈춰 달라는 겁니다."

"족의 공급을?"

"네. 어차피 그 새끼들, 사장님도 속인 거 아닙니까?"

"끄응…… 그건 그렇지요."

가지고 가서 가공해서 파는 건 문제가 안 되는데, 그걸 재활용하는 바람에 자신의 매출이 줄어들었을 뿐만 아니라 얼토당토않은 오해까지 받고 있었다.

자신이 애초부터 유통기한이 지난 족을 공급했다고 말이다.

그러니 억울해서 죽을 판국이다.

"이유야 여러 가지가 있지요. 신의성실의원칙을 위반했다거나 음식물 재활용을 해서 기업의 이미지를 망쳤다거나……"

뭐든 좋다.

족발을 만드는 재료인 족의 공급만 끊으면 된다.

"그 대신 우리는 새로운 브랜드의 공급 업자로 선정된다?"

"침몰하는 배에서는 쥐새끼도 뛰어내리는 법입니다."

남자는 고개를 끄덕거렸다.

틀린 말은 아니다.

노 변호사라고 자신을 소개한 남자의 말에 따르면 황부자네 족발은 회생할 가능성이 낮다.

그렇다면 그에 준하는 다른 업체를 잡지 않으면 자신도 큰 타격을 입는다.

침몰하는 배에서 탈출하는 것은 불법도 아니다.

"좋습니다. 하지만 오래는 못 합니다."

"걱정하지 마세요. 우리도 오래 끌 생각 없습니다."

노형진은 그에게 미소를 보냈다.

"뭐?"

족의 공급이 끊기자 황서평은 당황했다.

아무리 자신이 수완이 좋다고 해도 족의 공급이 끊어진 상황에서 영업을 할 수 있을 리가 없다.

"아니, 왜? 갑자기 왜 안 준다는 건데!"

"기업의 상황이 안 좋아 보인다고 외상 거래는 안 된답니다."

"이런 개자식들……."

황서평은 이를 빠드득 갈았다.

원래 이런 거래는 어음을 기본으로 하기 마련이다. 그런데 갑자기 외상은 안 된다고 하다니?

"자기들이 봐서는 어쩔 수가 없다고……."

부장은 당혹스러운 듯 말했다.

족의 공급이 끊어지는 것은 생각하지 못한 부분이었다.

"당장 어디서 못 구해?"

"하지만 정식 공급 계약 업체가 아니면 가격이 너무 비싸집니다."

"크윽……."

"그리고 그쪽 말도 틀린 말은 아닙니다."

벌써 93%의 업소가 이탈했으니 불안하지 않을 리 없다.

그렇다고 족발을 공급하지 않으면 남은 곳들도 망할 수밖에 없는 상황.

'으으…….'

마음 같아서는 일단 짐이 되는 놈들을 다 잘라 버리고 싶은데, 그마저도 마음대로 할 수 없으니 황서평은 답답해서 미칠 지경이었다.

빡쳐서 멍청하게 군 운전기사를 잘라 버렸더니 나가서 제대로 뒤통수를 쳤기 때문이다.

만일 일에 필요 없다고 사람들을 자른다면 그들도 나가자마자 뒤통수를 칠 가능성이 높다.

"싯팔 새끼, 상황이 나아지면 당장 업체 바꾸고 만다. 일단 현금으로 보내 줘. 족발을 보내지 않으면 그나마 남은 곳도 나가 버릴 테니까."

"네, 회장님."

황서평의 말에 바로 업무를 진행하러 나가는 부장.

그러나 그는 나간 지 채 30분도 되지 않아서 황급하게 회장실 안으로 들어왔다.

"회장님! 큰일 났습니다!"

"뭐? 또 뭔데? 족발에서 벌레라도 나온 거야?"

"그…… 그게 아니라 계좌가 압류당했습니다!"

"뭐라고?"

"계좌가 모조리 동결 처리되었습니다!"

황서평은 정신이 아찔했다.

계좌 동결. 그건 전혀 예상하지 못한 일이었다.

아니, 왜 자신의 모든 계좌가 묶여 버린단 말인가?

"어째서? 얼마나?"

"전부 다요!"

"전부?"

"네."

"그럼 족값은?"

"보낼 수가 없습니다!"

황서평은 순간 휘청거렸다.

족의 값을 치르지 못하면 족발을 만들지 못하고, 족발을 만들어 공급하지 못하면 브랜드 가치는 의미가 없는 쓰레기가 된다.

안 그래도 배신자들이 많은데 그나마 남은 곳들도 배신할수밖에 없게 되는 것이다.

"아니야……. 뭐가 오해가 있는 거야……."

그는 다급하게 전화기를 들어 은행장에게 전화를 걸었다.

"홍 행장! 나요, 황서평! 지금 우리 계좌가 동결되었다는소리를 들었는데 이게 무슨 말이오?"

―아…… 그게 말이지요.

홍 행장이라고 불린 남자는 약간 곤혹스러운 듯했다.

그러나 그는 곧 마음을 독하게 먹었다.

이런 일이 있을 때마다 힘들어하면 자신이 버티지 못한다는 것을 알기 때문이다.

―말 그대로입니다. 동결 처리되었습니다.

"어째서?"

―그거야…….

그는 잠시 침묵하며 말을 골랐다.

사실을 말해 줘야 하나 고민하던 그는 결국 천천히 입을 열었다.

―대부분의 가맹점들과 계약 해지 소송을 하고 계시다면서요? 이미 한 번 졌고, 또 질 가능성이 높다고.

말이야 높다고 했지만 사실 판례가 생긴 이상 질 수밖에 없는 싸움이다.

―더군다나 족발 회사에서 족의 공급도 거부했다는 정보가 들어왔습니다. 거기에다가 조리법까지 빼앗기셨다면서요?

"그래서?"

―우리라고 망할 수는 없지 않습니까?

아무리 족발 장사가 잘된다고 해도 몇 년간 족발을 팔아서 본사로 쓸 빌딩을 사는 것은 쉬운 일이 아니다.

당연히 적지 않은 대출을 끼고 들어가는 수밖에 없다.

그런데 이런 소송이 벌어졌으니…….

―본사에서 대출 회수 명령이 떨어졌습니다.

황서평은 갑자기 어지러워져 휘청거렸다.

아무리 자신이 가맹점에 갑질을 했다지만 자신에게도 은행은 절대 갑.

"자…… 잠깐만, 홍 행장…… 이게 무슨 말이오? 우리 사이에…….."

―우리 사이의 문제가 아닙니다. 본사 차원에서 내려온 오더인지라…….

건물값으로 수백억이 대출되었는데 날아가면 큰일 난다.

그러니 본사 차원에서 개입할 수밖에.

"잠깐 얼굴 좀 봅시다. 내 만나서……."

—미안합니다. 저도 어쩔 수가 없습니다. 이건 본사에서 통제하기 시작해서……. 그럼 이만.

전화는 가차 없이 끊어졌다.

황서평은 멍하니 '뚜' 소리가 나는 전화기만 붙잡고 있을 뿐이었다.

"와…… 그게 이렇게 쉽게 넘어가나?"

"언제나 본사가 갑인 건 아니야."

만일 을의 처지인 체인점들이 한꺼번에 반기를 들면 본사는 저항도 못 한다.

"본사들은 그걸 막기 위해서 자기한테 반기를 조금이라도 들면 쫓아내 버리는 거고."

"그런데 이번에는 좀 특이했네."

"어차피 막장이었으니까."

만일 황부자네 족발이 살아남을 가능성이 조금이라도 있었다면 언제나처럼 본사의 승리로 끝났을 것이다.

하지만 이번에는 아니었다.

애초에 노형진의 함정에 빠진 황부자네 족발은 살아남을 수가 없었다.

"더군다나 황부자네 족발은 주식회사가 아니라 개인 사업자거든."

주식회사라면 개인이 소유권을 가진 상표권이나 조리법을 빼앗는 것이 어려웠을 것이다.

하지만 이곳은 황서평이 황제처럼 군림하기 위해서인지 모르지만 개인회사였고, 그 책임은 황서평이 모두 지도록 되어 있다.

그러니 그의 조리법을 빼앗는 것은 어려운 일이 아니었던 것이다.

"결국 상대방은 조리법 하나 잃어버림으로써 다 잃은 거네."

"이런 식당은 음식이 절반이니까."

조리법을 잃게 되면 그 식당의 정체성이 사라진다.

노형진이 계획한 함정에 빠진 황서평은 자신의 조리법을 그대로 빼앗겼고, 그로 인해서 인생 자체가 시궁창으로 처박혔다.

"족발동맹 준비는 어떻게 되어 가?"

"아, 잘되어 가고 있어."

노형진의 질문에 손채림은 고개를 끄덕거렸다.

족발동맹은 이번에 이탈한 족발집들이 뭉쳐서 만드는 협

동조합 형태의 족발 체인이다.

그들은 돈을 모아서 족발 공장 하나를 차렸고, 그곳에서 함께 족발을 공급받을 계획이었다.

그래서 이름도 누군가를 대표로 하는 이름이 아닌 '족발동맹'.

"황서평은 이미 구속되었고."

로비하던 재산이 모조리 날아가자 검찰도 가차 없이 그를 구속시켰고, 그의 재산은 모조리 은행에서 가져가 버렸다.

황부자네 족발이라는 브랜드는 존재하지만 그 가치는 이미 마이너스 이하가 되어 버렸으니까.

"결국 자기 함정에 자기가 빠진 거지."

노형진은 히죽 웃으면서 말했다.

"뭐…… 해피엔딩이기는 한데."

손채림은 머리를 북북 긁었다.

"그런데 이 쿠폰은 어쩌지? 회사 입구에 '살찌워 드립니다.' 같은 걸 붙여 놔야 하나?"

산더미처럼 쌓여 있는 족발 공짜 쿠폰을 보면서 손채림은 역시 다이어트는 내일부터라는 생각을 하고 있었다.

이것이 법이다

약자의 가면

"유럽요?"

"그래. 정확하게는 영국, 그곳을 기점으로 유럽을 공략할 생각일세."

"왜 하필이면 영국입니까, 다른 나라도 있는데?"

"아무래도 영국이라는 이름 자체가 큰 가치를 가지고 있지 않나?"

"독일이랑 싸워 보실 생각은 없구요?"

"아직은 무리지."

노형진은 피식 웃었다.

틀린 말은 아니기 때문이다.

"프랑스는 예술적인 감각이 부족하고, 독일은 뭘 해도 기술력의 차이가 있다는 느낌이고, 다른 나라는 시작지로는 좀 애매해서 말이지."

유민택은 그렇게 말하면서 턱을 문질렀다.

그 모습에 노형진은 한숨부터 나왔다.

"그런데 왜 절 부르신 겁니까? 전 변호사인데요."

"변호사라고 해도 재주 많은 변호사 아닌가?"

"장난치지 마시구요."

"장난이 아닐세."

영국으로 진출한다는 것은 상당히 힘든 일이다.

한국에서 성공하면 세계에서 통한다는 말이 있을 정도로 한국이 퀄리티를 요구하지만, 영국에서 성공하면 유럽에서 성공한다는 말이 있을 정도로 영국 역시 상당한 수준을 요구하기 때문이다.

"그래서 몇 번이나 시도해 봤는데 돈만 까먹고 있지, 제대로 돌아가는 게 없어."

"보아하니 제법 오래 시도하신 모양인데."

"좀 그렇지."

성화가 사라지고 난 후 대룡은 승승장구하고 있었다. 그리고 그걸 기반으로 해외로 나가려고 노력하고 있었다.

그 대상이 바로 영국이었고 말이다.

"그런데 아무래도 영 시답잖아."

한국에서 보낸 사람들은 한국의 문화에 너무 익숙해서 영

국의 방식에 적응하지 못했고, 영국 현지에서 고용한 사람들
은 영국의 방식에 익숙해서 다른 기업들과 차별화가 되지 않
았다.

"우리 대룡을 영국에 널리 알릴 만한 방법이 없겠나?"

"그런 걸 저한테 물어보셔도······."

노형진은 입맛을 다셨다.

요즘 안 부르나 싶더니, 갑자기 불러서는 엄청난 일거리를
안겨 주려고 한다.

"변호사한테 별걸 다 바라시네요."

"오죽하면 내가 이러겠나."

"쩝······."

이해가 가기는 한다.

성화와의 싸움에서 많은 체질 개선이 이루어져서 젊은 기
업의 느낌이 강한 대룡이라고 하지만, 그렇다고 해서 뭐든
다 할 수는 없다.

더군다나 다른 기업들도 물먹는 일이 흔한 해외 진출은 정
말 쉬운 일이 아니다.

"광고비로 매년 수천억을 들이붓고 있지만 실적이 말이 아
니야."

"음······."

"일부에서는 차라리 진출을 포기하라는 말도 나오고 있
네."

"그러실 생각이 없나 보군요."

"난 우리 대룡이 우물 안 개구리로 끝나는 걸 원하지 않아."

한국과 몇몇 국가에서만 물건을 팔아먹으면서 세계적인 기업이라고 하고 싶지 않다.

다른 나라에서도 알아주는 그런 기업을 만들고 싶다.

그게 유민택의 꿈이었다.

"하지만 기존의 방법으로는 길이 안 보이더군."

"그렇겠지요."

유로로 하나로 묶인 유럽은 엄청난 시장이다.

그러니 다들 군침을 흘리며 진출하려고 안간힘을 쓰는 것이다. 결국 비슷비슷한 방식을 쓸 테고.

'차이가 없지.'

더군다나 광고를 들이부어서 지명도를 올린다고 해도 사람 마음이라는 것이 결국 팔이 안으로 굽기 마련인지라, 동양의 작은 나라에서 온 기업보다는 자기네 나라에 있는 기업의 물건을 사기 마련이다.

"기존의 아성을 넘어갈 정도의 광고 전략을 요구하는 건데, 그게 쉬울까요?"

"그러니까 자네에게 물어보는 걸세. 혹시나 방법이 있나 해서 말이야."

"아니, 그렇게 말씀하셔도……."

노형진은 머리를 북북 긁었다.

그가 자신의 능력에 자신이 있고, 몇 번이나 성공한 것도 사실이다.

하지만 그건 어디까지나 한국 내부의 일이고, 영국에 대해서는 잘 모른다.

아니, 회귀 전에도 한 번도 가지 않은 나라가 바로 영국이다.

'딱히 무슨 기억이 있는 것도 아니고.'

노형진은 당혹스러움을 감추면서 고민에 빠졌다.

"일단은 자네가 한번 가서 봐 주면 어떨까?"

"제가요?"

"공식적으로는 담당 변호사로서 가서 관련 업무를 점검하는 걸세."

"그거야 어려운 건 아닌데……."

"가서 길이 보인다면 자네가 좀 이야기해 주게."

"정식 의뢰인가요?"

"당연히 정식 의뢰지."

노형진은 고개를 끄덕거렸다.

정식 의뢰라면 거절할 이유는 없다.

"알겠습니다. 영국으로 가지요."

지금까지 단 한 번도 가 보지 못한 나라 영국.

그렇게 노형진의 영국 진출이 결정되었다.

"비즈니스가 확실히 좋기는 좋네."

입맛을 쩝쩝 다시면서 고개를 돌리는 손채림.

영국으로 간다고 하니 대룡에서는 비즈니스를 잡아 주면서 편하게 다녀올 수 있게 해 주었다.

"돈이면 뭔들 못 하겠어."

"하긴."

고개를 끄덕거리면서 캐리어를 끌고 바깥으로 나가는 손채림.

노형진 역시 검색을 마치고 바깥으로 나왔다.

그러자 한글로 '노형진 변호사님을 환영합니다.'라고 쓰인 피켓을 들고 있던 사람이 얼굴을 확인하고는 손을 흔들었다.

"노 변호사님! 여기입니다! 여기요!"

"어떻게 우리를 알지?"

"뭐, 사진이라도 보내 준 모양이지."

"하긴."

자신을 특별하게 생각하는 유민택이니 그다지 이상한 것은 없는지라 노형진 역시 고개를 끄덕거리면서 그에게 다가갔다.

"반갑습니다. 노형진입니다."

"대룡 영국 지사를 담당하고 있는 서광현 부장입니다."

서광현 부장은 노형진의 손을 잡으면서 반가움을 표현했다.

"일단 숙소로 가시죠."

"그럴까요?"

"리무진을 준비해 놨습니다."

바깥으로 나오니 기다란 리무진이 기다리고 있었다.

그걸 본 손채림은 눈을 반짝거렸다.

"한 번도 타 본 적이 없는 리무진을 이렇게 타게 될 줄이야."

"일하러 온 건데, 뭐."

"넌 최후의 순간까지 초를 치는구나."

툴툴거리는 사이 운전기사가 짐을 차에 실었고, 세 사람은 차를 올라탔다. 그리고 시내로 들어가기 시작했다.

"그나저나 오면서 기록을 좀 봤습니다. 실적이 좋다고는 말 못 하겠더군요."

"그게…… 죄송합니다."

"죄송할 것까지는 없지요. 해외 진출이 그렇게 쉽다면 기업들이 왜 그렇게 고민하겠습니까?"

하물며 기본적인 정보가 많은 미국도 아니고, 유럽은 미국 쪽에 비해서 정보가 부족한 것이 사실이다.

아무리 유로로 묶였다고 하지만 기본적으로 다 다른 나라이기 때문이다.

"그래서 어떻게 해서든 홍보하고 있는데……. 홍보 비용으로만 수천억을 들이부었는데……. 워낙 다른 곳들도 마찬가지인지라서요. 한국에서 우리만 진출하려는 것도 아니고."

"오성그룹에서도 들어오고 있다면서요?"

"네."

오성그룹.

한국의 1위 그룹이고 절대적 강자이다.

대룡보다 못해도 세 배 이상의 규모를 가진, 터무니없는 강자.

그런 그들조차도 이 유럽에 진출하는 데에는 한계가 있었다.

"애초에 영국을 시작점으로 잡은 이유도 오성을 피하기 위한 거라……."

"예상은 했습니다."

노형진은 피식 웃었다.

사실 유민택이 이런저런 이유를 붙이기는 했지만 유럽으로 진출하려면 영국보다는 프랑스가 더 유리하다.

아무리 해저터널이 뚫려 있다고 하지만 영국은 섬이고 프랑스는 대륙이니까.

그러나 어쩐 일인지 유민택은 영국을 시작점으로 선택했다.

'오성이란 말이지.'

오성은 프랑스에서 먼저 시작했으며, 또한 더 많은 돈을 들이붓고 있는 상황이다.

이런 상황에서 오성과 싸워 이기기 위해 프랑스에 가는 것은 부담이 될 수밖에 없다.

'오성이 성격이 좋은 것도 아니고.'

대룡이 오성과 한판 해보겠다고 프랑스로 들어가면 오성은 대룡 본사에 온갖 수작질을 할 것이 뻔하다.

아무리 대룡이 성화와의 싸움의 승리자라고 하지만 오성과는 게임이 안 되니 울며 겨자 먹기로 피할 수밖에 없다.

유민택이 자존심 상해서 차마 말하지는 않았지만 그 정도 예상하는 건 어려운 일이 아니었다.

"일단 오면서 보셔서 알겠지만, 주요 수출품은 가전제품과 한식입니다."

"그걸 팔아서 수익을 내는 건 쉽지 않을 텐데요?"

"초반이니까요. 사실 초반에는 다 적자를 각오하고 이름을 알리는 게 우선시될 수밖에 없습니다."

노형진은 고개를 끄덕거렸다.

진출하자마자 흑자를 보면 좋겠지만 현실적으로 그건 불가능하다. 결국 중요한 것은 이름을 알리는 것이다.

"오성이 그 점에서는 탁월하지요."

"그건 인정합니다."

해외에서 오성에 대해서 물어보면 오성을 한국 기업이라

고 대답하는 사람은 드물다.

대부분 일본 기업이라고 생각하고, 미국 기업이라고 생각하는 사람들도 많다.

심지어 중국 기업이라고 하는 사람이 한국 기업이라고 하는 것보다 더 많을 지경이다.

"사업에서 국가는 중요한 게 아니니까요."

세계적 기업이 한국 기업이니 어쩌니 하는 자화자찬은 결국 의미가 없는 장난이다.

중요한 것은 그들이 돈을 벌어서 한국으로 가지고 오느냐 아니냐.

그리고 오성은 최소한 한국이라는 국적은 표시하지 않을지언정 해외에서 성공적으로 자리 잡은 곳 중 하나다.

"그래서 대룡도 그 전술을 따라가고 있는데……."

"의미가 없습니다. 그들이 한번 써먹은 방법이고, 성공했으니 다른 곳도 똑같이 하겠지요."

"그게 문제입니다."

한번 성공한 전략이라고 다른 곳에서도 다 써먹으니 차별화할 방법이 없다는 것.

"그래서 도움을 청하고자 하는 겁니다, 아무래도 성화와의 싸움에서 통찰력을 많이 보여 주셨으니."

"거참……."

노형진은 곤혹스러운 표정으로 서광현을 바라보았다.

"최선은 다해 보겠습니다만……."

아무래도 쉬운 일은 아닌 듯했다.

"모르겠다."

노형진은 수백 장의 서류를 살피다가 머리를 절레절레 흔들었다.

"아니, 내가 무슨 광고 천재도 아니고, 갑자기 영국에 대룡을 어떻게 알려?"

"이건 답이 없는데?"

심지어 손채림도 서류를 집어 던지면서 한숨을 쉬었다.

"다 비슷비슷해. 다른 기업들과 비교해서도 특별한 것도 없어."

"그렇지?"

"너는 방법 없어? 성화 때는 잘했잖아."

"그거랑 이거랑 같나."

그때는 성화라는 적이 존재했고, 그들의 약점을 공격하는 것이 노형진의 업무였다.

그런데 변호사들에게 약점을 공격하는 것은 주요 업무 중 하나이니 그다지 어렵지 않게 공격할 수 있었다.

"하지만 여기는 그런 게 없잖아."

적이 있는 것도 아니고, 그렇다고 약점을 찾아야 하는 것
도 아니다.

목적은 단 하나.

대룡이라는 브랜드를 영국인들에게 알려 줘라, 그것도 아
주 좋은 이미지로.

"그게 그렇게 쉬우면 다들 고생하지 않지."

"그냥 자선사업을 해 볼까?"

"자선사업?"

"그래. 영국이나 유럽은 그런 기업들에 우호적이라면서?"

노형진은 고개를 끄덕거렸다.

확실히 맞는 말이기는 하다.

한국 사람들과 유럽 사람들의 차이라고 할까?

한국 사람들은 자신에게 이득이 되는 곳을 선호하는 데 비
해 유럽 사람들은 인권 운동 위주의 기업을 선호한다.

"하지만 그 방법도 벌써 수십 개 기업들이 써먹고 있거
든."

"끄응……."

"더군다나 대룡이 커 봐야 한국 위주의 기업이야. 이제 해
외 진출을 시도하는 단계라고. 국제적 자선단체들과 싸워서
이길 수 있을 것 같아?"

"우우."

세계적 기업들이 자선기금으로 내는 금액만 해도 어지간

한 기업의 1년 매출을 넘는다.

그런 곳들이 수두룩한 곳이 바로 유럽이다.

그러니 그런 곳에 대룡이 끼어들어서 얼마 들이부어 봐야 티도 안 난다.

"말 그대로 번데기 앞에서 주름 잡는 거라고."

"그런가?"

"그래. 사람들에게 이슈화되면서도 공감할 수 있는 것이 필요한데……."

"그런 거 없어?"

"있겠냐?"

노형진은 영국에 대해서 잘 알지 못한다.

물론 기억을 더듬어 본다면 뭐라도 나올 수야 있겠지만, 그 기억을 더듬기 위한 일종의 시작점이 필요하다.

하지만 지금은 그런 게 전혀 없다.

'브렉시트? 그건 아직 멀었고……. 그렇다고 큰 사건이 생기는 것도 아니고……. 아, 돌겠네…….'

노형진은 머리를 절레절레 흔들었다.

"오늘은 이만하자."

"어디 가게?"

"난 그냥 템스강에나 가련다."

손채림은 눈을 반짝거렸다.

"그럼 백화점에 가면 안 되나?"

영국은 프랑스에서 가까운 만큼 명품도 싸다.

물론 손채림이 그런 것에 매달리는 성향이 아니기는 하지만, 그렇다고 눈앞에 떡하니 와 있는 기회를 놓치는 건 전혀 다른 문제.

"내가 이렇게 고생하는데 쇼핑하고 싶어?"

"어차피 오늘 지나면 야근시킬 거잖아?"

"끄응."

노형진은 차마 부정할 수가 없었다.

머리가 안 돌아가서 산책하러 가기는 하지만 매일같이 그럴 수는 없으니.

"그래, 갔다 와라. 차라리 생각을 정리하기 위해 혼자 템스강 강변을 걸어 보는 것도 나쁘지는 않을 것 같네."

"야호!"

외투를 들고 휭하니 나가 버리는 손채림.

노형진은 쓴웃음을 지으면서 그 모습을 바라보다가 바깥으로 나갔다.

"템스강으로 갑시다."

임시로 배정받은 운전기사에게 말하자 그는 별말 하지 않고 노형진을 템스강으로 데려가 줬다.

노형진은 강변을 천천히 걸으면서 생각을 정리했다.

'내가 할 수 있는 건…… 유럽에서는 없는 것 같은데……. 미국은 그나마 살아 봐서 안다지만 유럽은 관광 말고는 와

본 적이 없으니······.'

그렇게 한참을 걸어가던 노형진은 멈춰 서서 멍하니 강 건너편의 런던 아이를 물끄러미 바라보았다.

런던 아이는 영국에 있는 대형 관람차로, 주요 관광지 중 한 곳이었다.

그걸 타면 런던 대부분을 볼 수 있기 때문이다.

'하아, 이놈의 일중독. 진짜 좀 쉬고 싶네.'

문득 그런 생각을 하면서 노형진이 한숨을 쉬는 그때, 누군가 다가왔다.

"헤이! 동양인?"

고개를 돌려 보니 가무잡잡한 남자 두 명이 노형진을 보며 빙긋빙긋 웃고 있었다.

보아하니 영국인은 아니고 중동 쪽 사람인 듯했다.

"무슨 일이시지요?"

유창한 영어로 물어봤지만 그쪽이 영어를 잘 못하는지 더듬거리면서 말했다.

"영국에 왜 왔나? 관광? 혼자? 혼자?"

"음······."

노형진은 힐끗 뒤를 돌아보았다.

운전기사가 이쪽을 바라보는 게 느껴졌다.

그는 단순한 운전기사가 아니다. 경호원이고, 정식으로 무장하고 있는 상황이다.

그러니 자신이 위험할 건 없다.

'하긴, 여기는 사람이 많은 곳이기도 하고.'

더군다나 자신도 운동을 했으니 저들과 싸우면서 시간을 끌 정도는 된다.

'그러고 보니 무슬림들이 많이 와서 장사한다고 했지.'

노형진은 그런 것까지 신경 쓰기 싫어서 대충 대답했다.

"네 네, 혼자 왔습니다. 그러니까 가세요. 물건 안 사요."

대충 쫓아 보내고 생각에 잠기고 싶어서 손을 휘휘 저었다.

그런데 그다음 순간 두 남자의 입에서 당혹스러운 말이 흘러나왔다.

"여자 필요 없나? 여자?"

"뭐라고요?"

"여자 있다. 예쁘다. 백인 있다. 어리다. 300유로다."

노형진은 '이 두 놈이 미쳤나?' 하는 생각으로 그들을 바라보았다.

그런데 그걸 그 두 사람은 관심으로 받아들였는지 더 적극적으로 매달렸다.

"어리다. 열다섯 살부터 스물네 살까지 원하는 대로 다 있다. 원하면 보내 준다. 300유로다."

'이런 미친 새끼들.'

노형진은 열다섯 살이라는 말에 어이가 없었다.

스물네 살이야 성인이라고 하지만, 열다섯 살은 어떻게 생각해 봐도 미성년자인데.

"당신들, 경……."

말을 하던 노형진은 입을 다물었다.

여기서 경찰을 부른다고 하면 도망쳐서 어디론가 사라질 것이다.

그리고 사기일 수도 있고.

'끙, 그냥 가면 그만이기는 한데.'

사실 상대방 여성이 스물네 살이거나 하다 못해서 성인이 기라도 하면 그냥 가겠는데 열다섯 살이란다.

노형진이 회귀 후 가장 먼저 해결했던 사건이 아동 강간 사건이었던 만큼 이런 놈들은 도무지 용서가 안 된다.

'그래, 뭐, 증거가 부족하면 모으면 그만이지.'

노형진은 겉으로는 웃으면서 그들에게 다가갔다.

"그래서 열다섯 살짜리 얼마?"

"열다섯 살짜리 500유로다. 백인 예쁘다."

노형진이 관심을 보이자 슬쩍 가격을 올리는 두 인간.

하지만 그 정도 돈에 연연할 노형진이 아니었다.

더군다나 아동 성범죄자들을 때려잡는다고 하는데야.

"500유로?"

"그래."

"그러면 두 명, 아니 세 명 됨?"

"세 명?"

"3 대 1로 백인이랑 하고 싶은데. 열다섯 살짜리랑 스물네 살짜리랑…… 음…… 그 중간에 한 스무 살짜리 정도 없어?"

두 사람의 얼굴이 환해졌다.

그리고 좀 떨어진 곳에서 잠깐 이야기하는 듯하더니 노형진에게 다시 다가왔다.

"1천 유로."

"콜."

"근데 시간 걸린다."

"오케이. 내가 지명한 곳으로 데리고 와. 돈은 그때 준다."

"알았다. 1천 유로."

"그럼, 그럼. 1천 유로."

히죽거리면서 가는 두 남자를 보면서 노형진은 씩 웃었다.

그리고 핸드폰을 들었다.

"채림이니? 돌아와. 일 생겼다, 후후후."

"내가 쉬는 꼴을 못 보지."

"그사이에 두 개나 샀으면서 그런 소리 하지 마."

"내 참. 그런데 왜 세 명이나 부른 거야?"

"증거는 확실한 게 좋잖아. 오해도 피해야 하고."

사실 한 명만 불러도 그만이다.

하지만 그랬다가 도리어 자신이 오해를 받을 수도 있고, 미성년자는 일행 중에 성인이 있으면 그에게 기대기 마련이다. 그러면 이야기하기도 쉽고.

"아니, 넌 대룡 일을 도와주러 와서 여기에서까지 일을 만들어?"

"내 팔자인가 보다."

"어이가 없다, 진짜."

사실 세 명 다 불렀다고 해도 그들이 한패일 가능성이 있는 만큼 만일을 대비해서 손채림까지 부른 것이다.

거기에다 몰래카메라까지 설치해 놨고.

"그냥 내 오지랖이다 생각해."

"내가 못 살아."

그러는 사이 누군가 문을 두들기는 소리가 들려왔다.

노형진이 눈짓을 하자 손채림은 한숨을 푹푹 쉬면서 문을 열어 줬다.

"어?"

문 앞에 있던 세 명의 여자는 당황했다.

당연히 남자가 열어 줄 거라 생각했는데 난데없이 여자가 나왔기 때문이다.

"어…… 혹시 여기 미스터 노의 방이 아닌가요?"

혹시나 잘못 들어온 게 아닌가 하는 생각에 물어보는 세 사람.

"맞아. 들어오렴."

세 사람은 어리둥절했다.

3 대 1로 하고 싶다고 해서 왔는데 동양인 여자가 함께 있다니?

"혹시 4 대 1 하려고 하는 거야?"

"그런가?"

"변태 아니야?"

걱정하면서 들어오는 세 사람.

그런데 안으로 들어선 그들의 눈에 보이는 것은 옷을 벗고 기다리는 남자가 아니라 테이블 위에서 김이 모락모락 올라오는 세 잔의 찻잔이었다.

"앉아서 차라도 마실래?"

"어……."

"영국 사람들은 차를 좋아한다고 하던데. 싫어?"

"아니요……."

그녀들은 호의를 거절하지 않고 자리에 앉아서 차를 마시기 시작했다.

"좀 당혹스럽지?"

"네."

가장 나이가 많아 보이는 여자가 조심스럽게 말했다.

"저희는 에스코트라고 들었는데."

"에스코트 아니야. 너희한테 묻고 싶은 게 있어서 그래."

"그게 뭔데요?"

"너희, 몇 살이야?"

움찔하는 세 사람.

"아까 열다섯 살짜리 이야기를 하더라. 당장 경찰에 신고하고 싶었는데 증거가 없어서 못 한 것뿐이야. 어떻게 된 건지 알고 싶어서 말이지."

세 사람이 피식하고 웃었다.

"아저씨 같은 사람 여럿 봤어요."

"여럿 봤다고?"

"네. 그런데 대부분 그 끝이 안 좋았지요. 관광객이면 그냥 가세요. 아저씨를 위해서 하는 말이에요."

자조 섞인 미소를 지으면서 말하는 그녀들을 보면서 노형진은 속으로 고개를 갸웃했다.

'나 말고도 신고자가 많았다? 그런데 왜 이러고 있지?'

다른 건 몰라도 미성년자 범죄에 관해서는 엄청나게 처벌하는 것이 유럽과 미국이다. 그런데 그냥 둔다?

"자세하게 알 수 있을까?"

"그냥 놀다 가세요. 아저씨가 신고하면 아저씨만 린치당해요."

"린치?"

"네."

그 말은, 지금까지 신고했던 다른 사람들도 린치를 당했다는 건데.

'이거 생각보다 심각한데?'

그럴 수밖에 없는 게, 신고자를 린치했다는 것 자체가 신고자의 신상을 경찰이 가해자에게 넘겨줬다는 뜻이기 때문이다.

그리고 이런 일이 여러 번 있었다는 뜻이고 말이다.

"걱정하지 마라."

"정 양심에 찔리시면 그냥 저희 재워 주시면 안 돼요? 피곤해서 그러는데."

"일단 대답하면."

가장 언니로 보이는 여자가 어쩔 수 없다는 듯 고개를 끄덕거렸다.

이런 질문을 한두 번 받아 본 것도 아니니 이런다고 바뀌지 않는다는 것을 알지만, 대답해 주기 전에는 이 상황이 끝나지 않는다는 것도 알기 때문이다.

"여기는 매기인데 열네 살이고, 엘리자베스는 열아홉 살이에요. 전 스물네 살이고요."

"열네 살?"

아까는 열다섯 살이라고 하더니 한 살이 더 어려졌다.

해외를 기준으로 열네 살이라면 노형진이 구해 줬던 친구와 같은 나이.

'이런 미친놈들.'

노형진은 이를 꽉 물었다.

"그런데 왜 이러고 있는 거니? 너희 가출한 거야?"

"저희 가출한 거 아니에요. 집 있어요."

가출이라는 말에 눈을 찌푸리는 아이들.

"집? 집이 어딘데? 그리고 집이 있는데 왜 그런 사람들과 다녀?"

"저희, 로더럼에서 왔어요."

그 순간 노형진의 머릿속에서 번개가 내리쳤다.

$$\text{⚖}$$

"로더럼…… 로더럼……."

노형진은 간단한 질문 몇 가지를 한 뒤, 쉬라며 아이들을 재웠다.

그리고 몇 시간 뒤 떠나려는 아이들에게 주머니를 탈탈 털어서 개인적으로 쓰라며 돈을 쥐여 줬다.

그러자 아이들은 반색하며 그 돈을 각자의 팬티 속에 감췄다.

지갑이나 주머니에 넣으면 남자들이 빼앗아 갈 거라면서.

"로더럼이 어딘데?"

"아…… 그런 곳이 있어. 영국 셰필드 옆에 있는 도시야."

"그런데 왜 그렇게 얼굴이 똥 씹은 표정이야?"

"그냥……."

노형진은 그냥이라고 말했지만 그냥이라고 볼 수가 없는 일이었다.

'로더럼이라……'

로더럼은 노형진이 회귀하기 전에도 익히 알고 있던 도시였다.

셰필드 근처의 소형 도시로, 과거에 번성했지만 지금은 가난해진 도시 중 하나였다.

"그곳이 왜? 중요해?"

"아주 중요해."

노형진이 중요하게 생각하는 이유는 그곳이 영국이 유럽연합에서 탈퇴하게 되는 가장 큰 이유 중 하나가 되는 곳이기 때문이다.

'로더럼 사건이라……. 하긴, 아직은 드러날 때가 아니지.'

로더럼 사건.

무슬림계 이민자들이 지역을 손에 넣고 저지른 패악질, 아니 반인륜 범죄로 인해서 도시 자체가 뒤집힌 사건.

무려 16년 동안 이슬람계 이민자들이 지역의 모든 것을 손에 넣고 지역에 거주하는 11세 이상의 여성들, 특히 11세부터 25세 사이의 여성들을 상대로 집단 강간, 성폭행, 고문, 인신매매 등을 저지른 최악의 사건이었다.

그 피해자만 전 주민의 10%를 넘어갔다.

쉽게 말해서 그 지역의 여자아이들과 여성들 중 절반 이상이 그러한 범죄의 피해자가 된 것이다.

'문제는 그것만이 아니었지.'

해당 주의 주 의회는 해당 사실을 2002년부터 인지하고 있었음에도 불구하고 방치하였고, 경찰은 그러한 범죄 사실을 신고받고도 은폐했을 뿐만 아니라 신고자를 창녀로 몰아갔다.

심지어 신고당한 범인들을 경찰이 자의적으로 풀어 주기까지 했다.

─병신 삽질의 끝판왕.

노형진이 회귀 전 그 사건을 알고 나서 한 말이었다.

모든 것이 엮이고 엮여서, 한 지역의 여성들이 집단으로 외국인에게 강간당했는데 누구도 처벌받지 않았던 것이다.

'결국 그 사건이 브렉시트의 주요 원인 중 하나가 되었지.'

그 사건이 드러난 것도, 경찰이나 의회의 발표 때문이 아니라 그 사실을 알게 된 사회학자가 사건에 대해 연구해서 학회에 발표했기 때문이다.

그리고 그 사실이 드러나면서 영국에서는 반이슬람적 분위기가 유행하게 된 것이다.

그런데 그 와중에 무슬림들이 난민이라는 이름으로 유럽에 쏟아져 들어왔고, 그들에게 당한 적이 있는 영국은 난민을 받아들이려고 하는 정권에 실망해서 브렉시트, 즉 유로

탈퇴라는 극단적 상황까지 가게 되었다.

하긴, 한국이라고 해도 별반 다르진 않을 것이다.

한 지역의 여자들이 집단으로 강간과 낙태를 당하고 있는데 정부에서 방치했다면, 아마 대통령이고 나발이고 다 끌려나와서 모가지가 날아갔을 것이다.

"그곳이 중요해?"

"중요해."

"어째서?"

"어쩌면…… 그곳을 이용해서 대룡이라는 브랜드를 영국에 각인시킬 수 있을지도 모르니까."

사정을 모르는 손채림은 고개를 갸웃할 수밖에 없었다.

⚖

"허? 그 말이 사실인가?"

"네."

다급하게 연락을 받고 온 유민택은 노형진의 설명에 기가 막혀서 말이 안 나왔다.

상식적으로 도무지 말이 안 되기 때문이다.

한 지역이 집단 강간을 당하고 인신매매를 당하는데 정부에서 그걸 방치한다니?

"여러 가지 정치적인 문제가 꼬이고 꼬인 거죠."

"도대체 어떻게 꼬였기에 그따위 일이 벌어지는 거야?"

"결국 진정한 올바름과 정치적 올바름을 구분하지 못해서 벌어진 일입니다."

"정치적 올바름?"

"네. 예를 들면 신분에 관한 사항이 문제인 거지요."

진정한 올바름은 잘못된 것은 잘못된 것이라고 말하는 것이다.

하지만 정치적 올바름은 정치적으로 선택해야 한다고 생각하는 것이다.

"가령 한국에서도 여자가 잘못하면 무조건 용서하라고 하는 성향이 있지요."

여성 집단은 여자라는 이유로 특권을 요구하는 경우가 종종 있다.

예를 들면 여성운동가가 범죄를 저지르면 그에 대한 처벌을 받는 것이 맞는데, 일부 여성운동 단체는 그녀 개인의 범죄와 상관없이 여자에 대한 처벌 자체가 여성운동 탄압이라고 주장하는 경우가 있었다.

"여기에서도 비슷한 일이 벌어진 겁니다."

정치인들은 정치적으로 무슬림들을 처벌하는 것은 인종차별처럼 보일 수 있다는 점 때문에 그 내부에서 벌어지는 범죄에 대해서 눈을 감았고, 경찰은 경찰대로 그들과의 유착과 상대적으로 빈민인 해당 주민들에 대한 무시 등으로 인해 제대로 처벌도 하지 않았다.

"그 사건으로 인해서 영국이 뒤집혔지요."

"그렇게 심각한가?"

"아주 심각합니다. 말로는 전 주민의 10% 이상이 강간당했다고 하더군요. 주로 열한 살부터 스물다섯 살 사이의 여자들이요. 특히나 여자아이들은 대부분 희생자가 되었다고 하더군요. 학교에서 대놓고 납치해 갈 정도였다고 하니."

"뭐어? 10%?"

10%는 절대로 작은 수치가 아니다.

그런데 그중에서도 주로 열한 살부터 열여섯 살 사이의 아이들에게 이런 범죄가 벌어졌다면 어마어마한 숫자일 수밖에 없다.

하지만 문제는 이게 공식적인 거라는 거다.

"공식적인 발표가 그 수준이니 비공식적인 피해자는 어마어마할 겁니다."

"그런데 왜 10%라는 거지? 약 절반이 희생자가 되었다며? 그놈들이 나이 먹은 여자에게는 손을 대지 않은 건가? 그건 이상한데?"

"상대적인 겁니다. 일단 슬럼화된 도시라 어린 여성들의 숫자가 적거든요. 한국의 시골에 젊은 사람들이 없듯이요. 그리고 나이 많은 사람들에게도 손을 대기는 했지만, 아무래도 피해가 젊은 여성에게 집중되었으니까요. 거기에다 나이

먹은 사람들은 이런 사건에 대해 잘 이야기하지 않습니다."

"끄응⋯⋯."

성범죄의 경우 드러나는 것보다 감춰지는 것이 더 많다.

작게는 세 배, 심하게는 열 배까지 드러나지 않는 것이 성범죄이니 세 배만 잡아도 30%.

인구 비례로 보면 그 나이대 여자아이들은 대부분 강간당했다는 소리나 마찬가지다.

"그들이 벌이는 패악질이 장난이 아니더군요."

열한 살짜리 소녀에게 휘발류를 들이붓고는 말을 안 들으면 불태워 죽인다고 한 일도 있고, 가족들 앞에서 피해 여성을 강간한 적도 있으며, 심지어 학교 앞에 버스를 대고 아이들을 납치하다시피 데려간 적도 있었다.

IS가 나이지리아에서 벌이던 일이 그대로 벌어졌지만 누구도 신경 쓰지 않았다.

그렇게 실려 간 아이들은 각 도시, 심지어 멀고 먼 런던까지 와서 성매매나 인신매매에 동원되었는데 노형진이 그중 일부를 만난 것이다.

"이런 미친놈들! 아니, 주민들은 그걸 그냥 둬?"

"대표님, 혹시 과잉 적응이라고 아십니까?"

"과잉 적응?"

"네."

"그게 뭔가?"

"과잉 적응은 포기랑 비슷한 겁니다."

스트레스가 어느 수준 이상을 넘어가면 인간은 '그래, 세상은 이런 거야. 이게 정상이야.'라고 받아들이며 포기하게 된다.

그걸 과잉 적응이라고 하는데, 쉽게 말해서 그냥 포기하고 생존만을 추구하는 것이다.

"우리나라에도 그러한 과잉 적응 사례가 흔하지요."

흔하게는 회사의 착취에 저항하지 못하고 과로사할 때까지 무리해서 일하는 경우가 있다.

또 정치적으로 착취당하면서도 마치 마법처럼 끌려다니는 것, 혹은 매 맞는 아내가 도망치지 못하고 남편에게 매달리는 것도 그러한 과잉 적응의 한 예다.

"정치인이든 기업인이든, 과잉 적응을 이용하지 않는 놈은 없지요."

노형진의 말에 유민택은 시선을 슬쩍 돌렸다.

자신도 과거 그러한 경험이 있었기 때문이다.

12시 이전에 퇴근하면 게으른 놈이라고 얼마나 욕했던가?

정작 근무시간을 줄이는 게 생산성에 더 도움이 된다는 것을 이제야 알았지만.

"그곳도 그런 상황이라는 거군."

"네."

이는 로더럼만의 문제가 아니다.

전 세계 각국의 빈민가에서 흔하게 일어나는 일이고, 미국

슬럼가의 분위기이기도 하다.

"다만 로더럼은 두 가지 이유로 충격적이었다는 거죠."

극단적 자본주의국가가 아닌 복지가 잘되어 있는 유럽, 그것도 대표 격인 영국에서 벌어진 일이라는 것, 그리고 자국 내 폭력 조직이 아닌 이슬람계 외국인들이 주도해서 한 지역을 집단으로 강간했다는 것 때문에 영국이 발칵 뒤집혔다.

"이번 사건으로 영국이 유로에서 탈퇴할 가능성도 있습니다."

"설마?"

"설마가 사람을 참 많이 잡았지요."

노형진의 말에 유민택은 잠깐 눈을 찡그렸다.

혹시나 하는 말이기는 하지만 노형진이 허투루 말하는 경우는 없었기 때문이다.

"그러면 그 점을 감안하고 사업하라 이건가?"

"안전한 게 좋지 않겠습니까?"

"음……."

유민택은 잠깐 침묵을 지켰다.

그러다가 고개를 들었다.

"그건 내가 나중에 알아서 할 일이고, 중요한 것은 지금 영국이로군. 자네는 어떻게 하는 게 좋다고 생각하나?"

"로더럼이 저렇게 슬럼화된 이유는 바로 직장의 문제 때문이지요."

"직장?"

"네."

한때 철강으로 유명했던 로더럼이지만 이제는 몰락한 지역일 뿐이다.

그러니 슬럼화되고 가난한 사람만 남은 것이다.

그래서 경찰의 질도 나빠지고 치안도 안 좋아지고.

"어차피 영국으로 진입할 거라면 그곳도 나쁘지 않다고 생각합니다."

"공장을 세우라 이건가?"

"어차피 그럴 계획 아니었나요?"

"그렇기는 하지."

한국에서 수출해서 팔 수 있는 것도 있지만 영국 자체를 커버하기 위해서는 자체적인 공장도 필요하다.

"사건이 터진 후에 우리가 들어간다면 아주 우호적인 눈으로 볼 겁니다."

"터진 후에?"

"네. 이슈 타고 싶다면서요?"

"이슈라……."

노형진의 말에 유민택은 고개를 끄덕거렸다.

로더럼 정도의 사건이라면 이건 전 영국뿐만 아니라 전 유럽에 이슈가 될 것이다.

그리고 그 이슈를 선점한다면 전 유럽의 사람들의 머릿속에 대룡이라는 이름을 박아 넣을 수 있다.

'대단하군.'

만일 그걸 광고로 얻으려 한다면?

수조 원의 광고비가 필요할 것이다.

하지만 자신들이 로더럼 사태를 해결한다면?

그렇게까지 돈이 들지는 않을 것이다.

'역시 노형진 변호사에게 의뢰한 게 답이었어.'

솔직히 기대하고 부탁한 건 아니었지만 노형진은 멋지게
답을 찾아냈다.

그것도 자신의 영역에서 말이다.

'하지만……'

그러나 답을 찾았다고 해서 그 해결책까지 찾은 것은 아니
었다.

"그곳에 들어가기에는 문제가 있네. 알지?"

"알지요."

로더럼을 꽉 쥐고 있는 무슬림계 폭력 조직. 그들이 과연
순순히 물러날까?

그들은 필요하다면 테러도 주저하지 않을 작자들이다.

로더럼에 들어갈 수는 있지만, 그들이 돈을 요구할 것은
당연한 일이다.

그렇다고 그들에게 고개를 숙일 수는 없다.

그 지역이 그렇게 계속 몰락하는 이유는 그들의 존재 때문
이기도 하다.

"그러면 자네는 그 문제를 어떻게 해결할 건가? 경찰에 신고해 봐야 의미도 없을 텐데."

경찰도 처벌을 거부하는 상황에서 아무리 자신들이 노력한다고 해도 무슨 의미가 있겠는가?

"이슈화하는 것도 그 안에 있는 사람들의 안전이 보장된 다음의 이야기야. 신변의 위협을 담보한 채 내부에 있는 사람들이 이야기를 하려 하겠는가?"

"할 리 없지요."

"그러면 어떻게 할 생각인가? 상대방은 무슬림이야. 뭐, 자네도 알겠지만 그들과 엮여서 좋을 게 없거든."

"압니다."

지난번에는 운이 좋아서 일부의 문제였고 또 이맘을 통해서 해결할 수 있었지만, 이번에는 그 숫자가 장난이 아니다.

그 지역에 있는 무슬림의 숫자만 8천 명이 넘어가는데 그중 범죄자가 몇 명인지는 알 수가 없다.

"정공법으로는 안 됩니다. 그러니 다른 방법을 찾아야지요."

"다른 방법?"

"네."

"어떤?"

"중국하고 러시아면 되겠네요."

"허?"

노형진의 말에 유민택은 입을 쩍 벌렸다.

파워 게임은 내 전문이지

"스케일이 다르네, 스케일이……."

손채림은 차창 밖 거리를 살피면서 말했다.

창 바깥으로 펼쳐진 도시의 모습은 살아 있는 것처럼 느껴지지 않았다. 사람들의 얼굴에 희망도 없고 꿈도 없어 보였다.

"어떻게 중국을 끼워 넣을 생각을 다 하냐?"

"뭐, 기본이지."

"야, 기본만 해라. 너 옵션만 더 집어넣으면 3차대전 일어나겠다."

"후후후."

노형진의 계획은 간단했다.

바로 다른 나라를 이용하는 것.

"중국은 유럽과 사이가 안 좋으니까."

지금의 중국은 유럽과 미국과 사이가 안 좋다.

정확하게는, 미국과 유럽은 중국과 러시아를 인권침해 국가로 규정하려고 하는 움직임을 보이고 있었고, 반대로 중국과 러시아는 이에 반발하고 있는 중이었다.

"그들이 반발은 하면서도 현실적으로 반박하지 못하는 데에는 자신들이 인권침해 국가라는 것이 사실이라는 점도 있지만, 일단 미국과 유럽이 인권 선진국이라는 점도 있어."

"알지."

"그러니 그들에게 떡밥을 던져 주자는 거야."

원래 똥 묻은 개가 겨 묻은 개를 나무란다고 했다.

그들에게 적당한 떡밥을 던져 준다면 그들은 이를 갈면서 달려들 것이다.

자기들 동네도 못 지키는 주제에 어디 인권을 들이미느냐면서 말이다.

"미국하고 영국은 한 방 먹은 셈일걸. 절대 그냥은 못 두지."

"그러니까 스케일이 다르다니까. 이건 뭐……."

노형진을 보면서 손채림은 혀를 내둘렀다.

자신에게 이 사건을 맡겼다면, 글쎄?

아마도 경찰에 신고하거나 의회에 로비하는 정도로 끝냈

을 것이다.

그런데 뜬금없이 중국과 러시아라니.

"그런데 왜 이렇게 돌아다니는 거야?"

"두 가지 이유 때문이지. 첫 번째는 이 지역에 대한 탐사. 두 번째는 괜찮은 마스크를 가진 피해자를 찾기 위해서."

"뭔 말도 안 되는 소리야?"

"현실이라는 게 그렇거든."

노형진은 어깨를 으쓱했다.

좋은 일을 하고 싶다?

하는 건 문제가 안 된다.

문제는 그걸 받아들이는 사람들이다.

"피해자의 외모도 따지는 시대야. 그게 현실이지."

"무슨 말도 안 되는……."

"너, 앰버 경고 알지?"

"알지."

앰버 경고.

미국의 미성년자 실종 경고로, 미성년자가 실종되고 납치의 가능성이 큰 경우 모든 매체를 통해서 아이를 찾는 것을 뜻한다.

앰버 경고가 뜨면 방송국에서도 속보로 앰버 경고를 하도록 되어 있다.

"그런데 앰버 경고도 인종에 따라서 다른 거 알아?"

"뭐?"

"금발의 백인 아이가 실종되는 경우, 발령률이 60% 이상이야. 하지만 흑인 아이가 실종되는 경우는 발령률이 20% 이하지."

"그래?"

"그래."

미국에 살 때 숱하게 겪었던 일이자 미국의 현실이기도 했다.

"피해자가 예쁠수록 사람들의 관심을 더 끌게 되어 있어. 뭐든 포장이 중요하지. 더군다나 유럽과 러시아는 다른 나라보다 백인 비중이 높아."

그러니 그들이 추구하는 미녀에 가까울수록 관심을 더 가질 수밖에 없다.

"더러운 세상이네."

"세상은 더러워. 다만 그걸 어떤 식으로 깨끗하게 하느냐가 중요한 거지."

노형진은 그렇게 말하면서 다시 시선을 돌렸다.

자신이 원하는 피해자를 찾는 것이 더 중요했기 때문이다.

그렇게 하루 종일 지역을 돌아다니던 끝에 그들이 맞닥뜨린 것은⋯⋯.

"어?"

"왜?"

"저기 봐."

한 중동계 남자에게 손이 잡힌 채 끌려가는 여자아이.

여자아이는 포기한 듯한 얼굴로 끌려가고 있었고, 남자의 얼굴은 색욕으로 번들거리고 있었다.

"여자인 내가 봐도 예쁘네."

전형적인 백인, 금발에 하얀 피부.

아리아계의 미녀라고 할 수 있는 얼굴.

그리고 입고 있는 교복을 보니 아무래도 학생인 듯했다.

"어때?"

"잔인하기는 하지만……."

아이는 사람들의 분노를 이끌어 낼 수 있는 그런 외모를 가지고 있었다.

노형진은 고개를 끄덕거렸다.

저런 아이라면 사람들이 충분히 관심을 가질 것이다.

"당장 데리고 올 거야?"

"그러고 싶은데……."

색욕이 번들거리는 남자의 눈빛만 봐도 끌려가면 무슨 일이 벌어질지 알 것 같았다.

"하지만 무슨 수로?"

문제는 무슨 수로 데리고 오느냐는 것.

확실히 마땅한 방법이 없었다.

그런데 의외로 그 방법은 앞자리에 앉아 있던 있는 경호원이 만들어 냈다.

"저런 녀석에게 답은 하나뿐이지요."

철컥 소리와 함께 총을 장전하는 그를 보면서 노형진은 혀를 내둘렀다.

"진짜로 들이미실 겁니까?"

"네. 어차피 보아하니 강간 목적으로 데려가는 것 같은데 몰랐다면 모를까, 그냥 둘 수 없습니다."

노형진을 데리고 다니면서 로더럼에 대해서 알게 된 그의 목소리에서는 분노가 은은하게 느껴졌다.

노형진과 손채림이 왜 돌아다니는지 알고 있기 때문에, 그리고 그들을 지켜야 하기 때문에 참았을 뿐, 돌아다니면서 분노에 눈이 돌아갈 뻔한 게 한두 번이 아니었다.

"확실한 방법이기는 하지요."

"그럼 옆에 세워 주세요."

같은 마음이었던 운전사는 그들에게 다가가서 조용히 차를 세웠다.

이 지역에 어울리지 않는 고급 차량이 앞에 멈추자 고개를 갸웃하며 경계하던 남자는 경호원이 내리면서 총을 들이밀자 주춤거리면서 물러났다.

"그 손 놓고 꺼져."

"당신, 뭐야?"

"열 센다."

"당신, 인종차별주의자야? 난 합법적으로 와 있는 사람이야. 인종차별은 나쁜 거야."

노형진은 피식 웃었다.

'그래, 저거 때문에 망한 거지.'

잘못된 건 잘못된 거고 인종이나 국적에 상관없이 처벌해야 한다.

하지만 저들은 자신들은 소수이면서 약자이니 보호해 주어야 한다고 주장하면서, 그 점을 이용해서 사회적 약자들을 착취하고 집단 강간을 했다.

"다섯, 넷, 셋……."

하지만 이미 몇 번이나 그 꼴을 본 경호원은 숫자를 세는 것을 멈추지 않았고, 둘이 되자 남자는 아이의 손을 놓고는 부리나케 도망가 버렸다.

"쓰레기 같으니라고."

그걸 보고 눈을 찌푸린 남자는 잔뜩 얼어 있는 금발 소녀에게 다가갔다.

"아이야, 잠깐 시간이 있니?"

잔뜩 얼어 있는 아이의 모습에 그가 웃으면서 말하자 그녀는 힘들게 고개를 끄덕거렸다.

"열세 살?"

집에 데려가서 나이를 물어보니 기가 막혀서 말이 나오지 않았다.

고작 열세 살이란다.

'음…… 이건 좀 곤란한데?'

발육 상태를 봐서는 열여섯 살 정도 되지 않았을까 했는데 고작 열세 살이라니.

물론 서양 애들의 발육이 좋은 건 알고 있었지만 이렇게까지 빠를 줄은 몰랐다.

어쩌면 이 아이가 유독 빠를 수도 있고.

"저기……."

"네? 아, 뭐라고 하셨나요?"

노형진은 생각에 빠졌다가 두 부모가 말을 걸자 퍼뜩 고개를 들었다.

"아까 우리한테 해 주신 말씀요."

"아…… 저기, 그 부분은 아무래도 무리일 듯한데요. 나이가……."

"우리는 상관없습니다."

"네?"

너무 어리다.

외모를 떠나서, 일단 나서서 진술을 하면 그녀는 전 세계적인 관심을 받게 될 것이다.

그런데 고작 열세 살이라니.

"상관없다고요?"

그런데 상관없다고 한 건 그녀의 부모들이었다.

"아이를 여기서 빼낼 수만 있다면요."

"그게 무슨 말씀이시지요?"

"제 아이에 대해서는 제가 가장 잘 알고 있습니다."

아이의 엄마는 고민스러운 표정으로 말했다.

아이에 대해서는 그녀가 가장 잘 안다.

자신아 봐도 예쁜 딸이고, 또래보다 성장이 빠르다는 것도 알고 있다.

아마도 멀쩡한 곳에서 태어났다면 모델이나 연예인을 꿈꿨을지도 모른다.

"하지만 여기는 그런 곳이 아닙니다. 아름답다는 것······ 그건 이곳에서는 저주예요."

나이와 상관없이 성적 착취의 대상으로 보는 놈들이 가득한 곳이 이곳이다. 더군다나 성장까지 빠르다.

"이 주변에 제 딸과 같은 아이들이 없지는 없었어요."

예쁘고 성장도 빠른 아이들.

그런 아이들이 아예 없었을까?

그럴 리 없다.

"그러나 그 끝은 언제나 똑같았지요."

채 학교를 졸업하기도 전에 아버지가 누군지도 모를 아이를 키우게 되는 것. 그게 현실이다.

저항하려고 해도 부모의 머리에 총을 들이대면서 벗으라고 윽박지르는 놈들이 가득하니 저항도 불가능하다.

"헉!"

노형진은 숨을 삼켰다.

"그런 이야기를 해 주실 분이라면 아이를 여기서 빼 주실 수 있을 거라 생각합니다. 우리는 상관없습니다. 부디 아이만이라도…….."

"으음……."

노형진은 침묵을 지켰다.

그들의 너무나 절실한 그 마음이 느껴졌기 때문이다.

'한쪽 면만 바라봤군.'

정상적인 바깥세상이었다면 저 아이에게 그런 관심을 받게 하는 것은 심각한 일이다.

자칫 잘못하면 인생이 망가질 수도 있기에.

그러나 여기서 벌어질 그 어떤 일보다, 차라리 바깥에서 벌어지는 일이 안전할 가능성이 높다.

관심을 가질수록 사람들이 지키려고 할 테고, 자신이 정신과 상담과 치료를 받게 할 테니까.

하지만 여기서는?

그녀의 어머니의 말대로 그녀의 미래는 비극으로 확정된다.

'심지어 일이 터진 후에도 고쳐지지 않았다고 하니.'

웃긴 일이지만 브렉시트 이후에도 이 일은 완벽하게 해결되지 않았다.

쫓아내기에는 무슬림들의 숫자가 너무 많았기 때문이다.

"알겠습니다."

노형진은 마음을 강하게 먹기로 했다.

일단 여기에서는 물러나서 다른 사람을 찾을 수도 있다. 하지만 그렇게 한다면 그녀의 인생은 망가질 것이다.

'한 명만 하라는 법도 없으니까.'

그리고 숫자가 많을수록 사람들이 받는 충격은 더할 것이다.

"따님을 여기서 빼내도록 하겠습니다."

그녀는 고개를 끄덕거렸다.

⚖️

얼마 후, 러시아에서는 기자들을 모아 두고 몇몇 소녀들의 기자회견이 열렸다.

그런데 그 충격은 사람들이 생각하는 이상이었다.

─그곳에 있는 아이들은 이슬람 신자들의 성 노리개 이상의 의미가 없었어요. 제 친구들은 여기서 살기 위해서는 집단 강간이 성장통 같은 것이니 포기할 수밖에 없다고 했어요.

-그들은 우리들을 하얀 쓰레기라고 불렀어요. 알라를 믿지 않는 우리에게 은총을 나눠 주는 거니까 감사해야 한다고…….

-제 언니는 강제로 낙태를 네 번 당하고 다시는 아이를 가질 수 없게 되었대요. 저도 그렇게 될까 봐 두려워서…….

러시아와 중국의 기자들 앞에서 이루어진 영국 소녀들의 도움 요청.

미국과 유럽에 인권 탄압국이라고 욕먹고 있던 두 나라는 이 일을 빌미로 미친 듯이 상대방을 물어뜯기 시작했다.

-자국민을 이슬람 신자에게 성 노리개로 바치면서 무슨 인권이야?

-우리도 영국에 가자. 거기는 강간이 합법이라더라.

인터넷은 조롱으로 가득 찼고, 그동안 모른 척 방치하던 영국은 당황해서 허둥거렸다.

자국 내 추문이 이렇게 대놓고 터져 나갈 줄은 몰랐던 것이다.

"아주 난리가 났네."

노형진은 한국으로 들어와 있었다.

그리고 실시간으로 올라오는 글들을 확인하고 있었다.

"중국이랑 러시아가 작심하고 나선 모양이던데?"

손채림은 제법 두둑한 스크랩 자료들을 꺼내 오면서 말했다.

세계 각국의 언론을 스크랩한 것이다.

"작심했겠지."

지금까지 인권침해 국가로 욕먹으면서도 방법이 없어서 당하기만 하고 있었는데 그보다 더한 건수를 잡았으니.

"원래 인간은 유전학적으로도 이성을 타국에 빼앗기는 걸 싫어해."

과거 인구를 늘리기 위한 가장 좋은 방법은 타 종족을 정복하고 그곳의 여자들을 데려오는 것이었다.

그래서 전쟁이 나면 가장 많은 피해를 입는 게 여성들이었고.

"남자들의 세계에서 최고의 호구가 바로 자기 여자 못 지키는 거야."

그것도 자기보다 못난 놈들에게 빼앗기는 것.

그건 호구를 넘어서 그냥 상병신이다.

"영국 언론도 난리가 났어."

"그렇지?"

다른 나라의 제대로 교육을 받은 사람과의 로맨스도 아니고, 이건 그냥 영국이 무슬림에게 자국 소녀를 성 노예로 가져다 바친 꼴이니 영국 내 극우 세력은 눈이 돌아가서 로더럼으로 몰려갔다.

그러자 로더럼은 극우 세력과 이슬람 세력의 전쟁터로 변했고, 경찰은 기겁하면서 그곳에 신경을 쓰기 시작했다.

그리고 그 때문에 그곳에서 활개치고 다니던 이슬람 세력이 확 죽었다.

"영국 사람들이 의외로 욱하는 성질이 있거든."

"영국은 신사의 나라라고 하잖아?"

"뭐, 그렇기는 한데, 훌리건을 보면 생각이 바뀔걸."

훌리건은 축구장에서 난동 부리는 사람들을 뜻하는데, 영국 훌리건은 국가 대항전에서 자기편이 지기라도 하면 폭동을 일으킬 정도로 심각하다.

하물며 국가 대항전 축구에서도 그 수준인데 이 문제는 더 심각해지고 있었다.

"그래도 전쟁까지는 안 가겠지?"

"안 갈 거야."

영국 내부에서는 이슬람 국가와 전쟁해서 씨를 말리자고 주장하는 사람들까지 생길 정도이기는 하지만, 이런 일이 국가 간 전쟁으로까지 비화되지는 않는다.

"다만 그 지역에서 엄청난 싸움이 벌어질 수밖에 없겠지."

영국의 극우 세력부터 미국의 KKK단 그리고 러시아의 전직 스페츠나츠까지, 이번 일에 화가 난 사람들은 죄다 그쪽으로 몰려가고 있었다.

"네가 노린 거잖아?"

"흐흐흐."

노형진은 부정하지 않았다.

그래서 그가 선택한 대상도 금발에 파란 눈을 가진 하얀 피부의 소녀들이었다.

전형적인 아리아 핏줄의 모습들.

"중요한 건 그러한 이미지가 백인 우월주의자들의 마음을 자극할 거라는 거지."

특히 그들이 가장 싫어하는 것이 바로 무슬림이다.

흑인은 그나마 가까이 있는 놈이라서 싫어도 어쩔 수 없다지만, 무슬림은 그들에게 있어서 테러범이나 마찬가지이기 때문이다.

"백인 우월주의자가 그곳으로 갈 테니 영국 경찰도 관심을 보이지 않을 수가 없을 거야."

그리고 그렇게 될수록 그곳에서 무슬림 세력은 세력이 줄어들 수밖에 없다.

"나중에 문제가 되지는 않을까?"

"안 될걸. 일단 자리를 잡은 근본지가 다르잖아."

지금이야 이슈를 접한 백인 우월주의자들이 화가 나서 몰려온다지만, 그들이 거기서 살 것은 아니다.

시간이 지나면 그들은 자신들의 고향으로 돌아갈 것이다.

"하지만 그 정도 시간이면 그 지역의 이슬람 폭력 조직의 세력은 약화될 수밖에 없지."

영국이 우월주의자를 탄압하면 그건 그 나라와의 문제가 된다.

가령 KKK단의 경우 미국 국적을 가진 놈들이 대부분인데, 그들을 잡아서 처벌한다고 하면 미국과 대판 하게 된다는 뜻이다.

"대부분의 경우, 그러면 통제가 가능한 자국민들 통제하려고 하지. 더군다나 이 경우는 잘못이 확실하거든."

정치적 부담보다는 그냥 자국 내 이슬람 폭력 조직을 박멸하는 것이 더 빠르다는 것을 알 테니 전격적인 체포 작전에 들어갈 것이다.

"그리고 이때쯤이 우리가 들어갈 시점이지, 후후후."

⚖

"학교?"

"아니요. 정확하게는 기숙사입니다."

"기숙사라고?"

"네. 무장한 병력이 지키는 기숙사죠."

"그게 무슨 말인가?"

"로더럼의 치안은 개판이지 않습니까?"

로더럼의 경찰이 극도로 무능하고 일을 제대로 하지 않아서 사태가 이렇게까지 되었다.

학교 앞에서 학생이 반쯤 납치되어 가듯이 끌려가서 교장
이 신고했는데 경찰이 그걸 처리하지 않은 적도 있으니.

"그리고 지금 로더럼은 더 개판이 되었지요."

"그렇겠지."

이슬람 폭력 조직이 그냥 물러날까?

그럴 리 없다.

아이들을 성매매에 동원하여 버는 돈이 어마어마하니 기
득권을 놓으려고 하지 않을 것이다.

"자리를 완전히 잡은 이슬람 세력과 외부에서 들어온 백인
우월주의 세력, 그 둘의 싸움 때문에 더 위험해진 것도 사실
이지요."

"그렇지."

유민택은 고개를 끄덕거렸다.

"그리고 애석하게도 이 싸움은 이슬람 세력의 승리로 끝날
겁니다."

"보급이 문제로군."

"네."

폭력 조직은 그 지역의 이슬람 세력으로부터 얼마든지 지
원을 받을 수 있다.

그에 반해서 백인 우월주의자 세력은 자비를 들여서 왔으
니 싸움이라도 하면 추방될 수밖에 없는 처지다.

"그러니 지금이야 싸우겠지만 결국 이기는 건 이슬람 폭력

조직일 겁니다. 그럼에도 불구하고 제가 그들을 싸움 붙인 건, 대룡이 움직일 시간을 구하기 위해서입니다."

"우리가?"

"애초에 목적은 그곳을 구하는 게 아니지 않습니까?"

"그렇지."

애초의 목적은 대룡이 영국, 아니 유럽으로 진출하는 교두보를 만들기 위해서 사람들에게 대룡이라는 브랜드를 홍보하는 것이었다.

"그리고 그중 한 방법이 바로 자선사업이구요."

유민택은 멍해졌다.

노형진의 그 말 한마디에 그 그림이 완전히 그려졌기 때문이다.

"끝내주는군."

아무리 대룡이 자선사업을 해 봐야 대룡보다 더 큰 기업들이 하는 자선사업에 비교될 리 없다.

그러니 자선사업으로 이름을 알리자는 계획은 일찌감치 탈락했었다.

"하지만 지금 로더럼의 치안은 지극히 불안하지요. 가장 불안한 건 다름 아닌 아이들입니다. 특히나 여자애들."

이슬람 폭력 조직의 피해자였던 그 아이들은 어쩌다 보니 그들과 백인 우월주의자 사이에 끼인 꼴이 되어 버렸다.

지금은 별일이 없겠지만 한쪽 세력이 줄어드는 순간 결코 좋은 일이 벌어지지는 않을 것이다.

"백인 우월주의자가 이긴다고 해도 그 지역에 결코 좋은 것은 아니니까요."

이슬람 폭력 조직이 이기게 된다면 여전히 강간이 계속될 것이고, 백인 우월주의자들이 이기게 된다면 영국에 있는 백인이 아닌 아이들의 생명이 위험해질 것이다.

"양쪽 다에게서 누군가 그 애들을 지켜야 하지 않겠습니까?"

"그래서 무장 세력을 보내서 지킨다?"

"네."

임시로 기숙사를 만들고 그곳에서 아이들을 보호하자는 것.

상황이 얼마나 개판인지 알고 있는 그 지역의 부모들은 아마도 공짜로 해 준다고 하면 두 손을 들고 환영할 것이다.

"거기에다 어차피 그 지역에 공장을 만든다면서요?"

"그렇지."

"그 지역의 어른들이 제일 원하는 게 바로 일자리입니다."

한때 중공업의 핵심지었던 로더럼이다. 그러나 지금은 몰락해서 일자리가 없다.

"임시 기숙사는 상황이 안정되고 난 후에 공장으로 쓴다고 하면 두 손 들어서 환영할 겁니다."

"허어."

그리고 로더럼 사태가 이야기되는 동안에 대룡이라는 이름은 전 유럽에서 계속 나오게 될 것이다.

아니, 전 유럽이 아니라 전 세계에서 이름이 나오게 될 것이다.

"자네, 스케일 하나는 진짜……."

자기들은 영국에 홍보하는 것도 힘들어 죽겠는데 노형진은 돈도 별로 안 들이고 전 세계를 대상으로 광고질을 하고 있다.

그것도 중국과 러시아를 뒤에다가 두고 말이다.

"보통이지요."

"자네, 보통 이상은 하지 말게나. 까딱 잘못하면 3차대전 터지겠어."

"아…… 그 말, 누가 했습니다."

"누가?"

"채림이가 그러던데요."

유민택은 피식 웃었다. 틀린 말은 아니니까.

"좋은 생각일세. 그러면 그 지역에 기숙사를 구하도록 하지. 그런데 무장 병력이라고 하면, 경호원을 보내야 하나?"

노형진은 고개를 흔들었다.

"그걸로 해결될 상황이면 고민도 하지 않지요."

이미 로더럼 내부에서는 총격전이 벌어지고 있는 상황이다. 그런 상황에서 경호원 몇몇 보내 봐야 의미가 없다.

물론 진짜 전쟁 지역처럼 장갑차까지 보내야 하는 상황은 아니지만, 비무장인 경호원은 학생들을 지킬 수 없다.

"더군다나 경호원 몇 명으로 애들을 지킬 수 있는 수준도 아니고요."

"그럼?"

"제 생각에는 민간 군사 조직을 보내는 게 좋을 겁니다."

"전에 자네가 이라크인가 어디에 갈 때 썼던?"

"네."

민간 군사 조직은 국가의 허가를 받아서 군사작전을 대행하는 곳이다.

"물론 국가의 허가를 받아야 하지만, 로더럼의 상황이 상황이니만큼 영국 정부도 지역 주민이 요구한다면 마냥 거부하기는 힘들 겁니다. 까딱 잘못하면 국제사회에서 또다시 아이들을 내팽개친다는 이미지가 붙을 테니까요."

"음⋯⋯."

"이슬람 세력에 대한 공격 목적도 아니고 학교와 기숙사의 방어에 한정된 수준이라면, 잘만 하면 허가를 받아 낼 수 있을 겁니다."

"하지만 무장은 한정되겠지?"

"네."

수류탄 같은 무기는 안 될 테고 고정식 기관총도 안 될 것이다. 아마도 개인용 소총 정도만 허가되겠지만⋯⋯.

"이슬람 폭력 조직도 소총으로 무장한 상황이니까요."

"그건 그렇지."

그저께 백인 우월주의자들이 모여 있던 호텔에서 드라이브바이 슈팅, 그러니까 차를 탄 채로 무차별적으로 갈기고 도망가는 일이 벌어졌다.

애초에 드라이브바이 슈팅이라는 방식 자체가 정밀한 공격보다는 무차별적으로 쏟아부어서 그중 하나라도 맞으라는 식이기 때문에 그에 동원된 무기는 당연히 기관총일 수밖에 없었다.

그 사건으로 인해서 백인 우월주의자 두 명이 사망하고 세 명이 다쳤으며 민간인도 한 명이 사망하는 바람에 영국 경찰은 난리가 났다.

영국 내부에 소총은 없을 거라 방심했던 것이다.

"알겠네. 바로 알아보도록 하지. 그러면 생각해 둔 곳은 있나? 미국의 블랙스타?"

전 세계적으로 유명한 민간 조직인 블랙스타를 생각한 유민택이지만 노형진은 고개를 흔들었다.

"한국에서도 보내고 영국에서도 뽑아야 합니다."

"응?"

"아무래도 자국 내 기업을 선호하는 모습을 보여 줘야 하니까요. 영국에 민간 군사 기업이 없는 것도 아니고."

영국에는 특수부대 출신이 만든 민간 군사 기업인 리스크가 있으니 그들을 고용하는 것이 좋을 것이다.

"민간 군사 기업은 기본적으로 정부와 친밀하니까요."

"그렇겠군."

그곳에 맡기면 아무래도 자국 내에서 일하게 하는 데 상당한 힘을 발휘해 줄 것이다.

"그나저나 이름이 리스크(위험)라니 참……."

"그만큼 자신 있다는 뜻이겠지요."

영국의 특수부대는 전 세계 특수부대 중에서도 알아주는 곳인데, 그곳을 제대한 사람들 중에서 고르고 고른 사람들을 뽑아 가는 곳이니까.

"아무래도 자국 내 아가씨들의 보호를 남에게 맡기기는 싫지 않겠습니까? 그래도 신사의 나라인데."

"허허허."

틀린 말은 아니다.

신사의 나라라는 이름에 자부심을 가지고 있는 영국인 만큼 그런 식으로 접근한다면 거부감이 확실히 덜할 것이다.

"물론 그들만 가지고는 안 됩니다. 한국에서도 데리고 가야 하지요."

"한국? 한국에 민간 군사 기업이 있어?"

"네. 규모는 작지만요."

"그런데 왜?"

규모가 작은 곳이라면 굳이 데려갈 이유는 없지 않은가?

하지만 그 내면에는 노형진이 노리는 다른 이유가 있었다.

"홍보가 목적이지 않습니까? 대룡은 동양의 기업이고요. 정확하게는 한국 기업이지 않습니까?"

"아아."

한국인이 함께 싸움으로써 한국인은 당신들의 친구라는 이미지를 만들기 위한 것이다.

"허."

미처 생각하지 못한 부분까지 세심하게 짚어 내는 노형진을 보면서 유민택은 고개를 끄덕거렸다.

"그렇게 하지."

"그럼 바로 시작하지요."

시간이 얼마 없으니 최대한 빨리 움직여야 한다.

다른 곳들이 먼저 광고를 목적으로 접근하기 시작하면 남 좋은 일만 해 준 셈이 되어 버리니까.

⚖️

당신 아이의 안전을 지킵니다. 숙식 완전 무료.

기숙사를 만드는 것은 어려운 일이 아니었다.

주변에 있는 빈 건물을 임시로 빌려서 구역을 나누고 침대를 놓는 것만으로도 충분했다.

물론 집에 비하면 불편하겠지만, 최소한 이곳에는 집에 없는 존재, 즉 경호원들이 있었다.

"굿모닝."

캐리어에 짐을 싸 들고 오던 아이들은 입구를 지키고 있는 무장한 남자들을 보고 움찔했다.

"걱정하지 마렴. 안으로 들어가거라."

기숙사에서 경호 업무를 수행하게 된 조쉬는 아이들을 보면서 미소를 지었다.

"어…… 들어가도 돼요?"

"그럼. 아, 짐은 저쪽에서 선생님들이랑 한번 확인하기는 해야 할 거야."

"네."

아이들은 성별에 따라 남자동과 여자동으로 나뉘어 들어갔다.

그걸 보던 조쉬는 한숨을 쉬었다.

"어이, 덕우. 자네는 어때?"

"뭐가?"

"이 꼴 말이야."

"뭐, 당혹스럽지. 내가 영국 특수부대에 지원할 때 영국 내부에서 근무하게 될 거라고는 상상도 못 했거든."

"내 말이 그 말이야. 아니, 이게 뭔 꼴이냐고."

특수부대는 실전형 부대다.

실제로 타국에 파견도 많이 나갔고, 대테러전도 많이 했다.

그런 부대에서 나와 일자리로 민간 군사 기업을 잡았는데, 설마 영국 내부에서 일하게 될 줄이야.

"자네는 기분이 어때? 한국에서 왔잖아?"

"글쎄…… 좀 묘하기는 하네."

덕우는 묘한 표정으로 다른 곳에서 근무하는 한국인들을 바라보았다.

나라가 참 엿 같아서 영국 국적을 따고 여기서 살게 되었다.

그런데 이제는 인연이 없다고 생각한 한국인과 같이 일하게 되다니.

"뭐, 인생은 모를 일이라고 하지."

"그렇지?"

무장한 병력을 주둔시켜 학생들을 지켜 주는 기숙사를 운용하겠다고 하자 학생들의 부모는 너도나도 보내려고 했다.

특히나 여자아이들의 부모는 혹시라도 자리가 없을까 봐 발을 동동 굴렀다.

오밤중에 들어와서 딸이고 엄마고 가리지 않고 강간하는 사건도 종종 있어 왔기 때문에 집이라고 안심할 수가 없었던 것이다.

"그나저나 자네 나라의 기업은 참 대단해. 어떻게 이런 일을 생각했대?"

"그러게 말이야."

덕우는 그게 신기했다.

한국이 옛날부터 이런 나라였다면 아마 여기에 오지도 않았을 거라고 생각도 했다.

"그나저나 이제 학교에 다니는 건 안전할까?"

"일단 간땡이가 부은 놈이 아닌 이상에야 안전하겠지."

이곳은 임시 거처이고 제대로 된 거처는 공사 중이다.

그리고 이들이 학교에 왔다 갔다 할 때는 통학 버스에 무장 차량이 앞뒤로 붙어서 경호할 예정이다.

진짜로 간땡이가 부은 놈이 아닌 이상에야 그걸 덮치지는 못할 것이다.

"망할 캅스 놈들. 제대로 일할 것이지."

조쉬는 경계하다가 바깥에서 자신을 물끄러미 바라보는 경찰을 보고 이를 갈았다.

정작 국민들은 지키지도 않아 다른 이들이 일을 대신하게 해 놓고 본인들은 그들을 감시하다니.

"그런 거 보면 참 신기해."

"응?"

"한국이나 여기나, 정치는 개판인 것 같아."

덕우의 말에 조쉬는 얼굴이 붉어졌다.

하지만 부정은 할 수가 없었다.

상식적으로 이런 일이 벌어지게 됐다는 게 이해가 가지 않았기 때문이다.

그런 그의 마음을 이해하는 건지, 덕우는 그의 어깨를 두들겼다.

"뭐라고 하는 게 아니야. 동질감을 느낀다는 거지. 아마 내 앞에 한국 국회의원들이 있었다면 대가리에 헤드 샷을 한 방씩 먹여 줬을 거야."

"아니."

고개를 흔드는 조쉬.

"그건 너무 편하지. 다리부터 하나씩 쏴 줘야지."

덕우는 그저 빙긋 웃을 수밖에 없었다.

대룡은 기업인데요?

"뭐라고요?"

노형진은 자신의 귀를 의심했다.

영국에 다시 와 보니 이건 완전히 벌집 쑤신 꼴이 되어 있었던 것이다.

"습격요?"

"네."

한국어를 할 줄 알아서 자신에게 통역으로 배정된 성덕우는 그동안 있었던 일을 보고하고 있었다.

그런데 그 보고 중에는 생각지도 못한 것도 있었다.

"차량 여섯 대 정도로 대략 스무 명 정도가 습격해 왔습니다. 주요 무장은 권총이었고, 소리로 봐서는 AK 소총도 2정

정도 있는 것으로 보입니다."

"미친. 그래서요?"

"총격전이 벌어졌고 10분 만에 도망쳤습니다. 노 변호사님 덕분에 피해가 없었습니다."

"끄응……."

사실 이 기숙사는 담벼락이라고 해 봐야 그저 철망으로 되어 있는 수준이다.

그래서 입구에 있는 초소가 아닌 다른 곳을 차로 밀어 버리면 쉽게 뚫려 버린다.

노형진은 그 점이 걱정되어서 담벼락 안쪽에 차량이 움직이지 못하도록 펑크를 내고 차량 휠에 감기는 장비를 심어 두라고 했는데, 아니나 다를까 몇몇 놈들이 무장하고 뚫고 들어와서 납치하려고 했다는 것.

"아무래도 우리 무장에 대해서 잘 모르는 모양이더군요."

"잘 알 리 없지요."

무장 장비 중에는 소총만 있는 것이 아니다.

이들도 목숨을 내놓고 하는 일이라 방탄복에 방탄모까지 차려입고 있었고, 거기에다 수류탄은 사용하지 못해도 플래시 뱅이라고 하는 섬광탄은 허가가 나와서 쓸 수 있었다.

"차량은요?"

"모두 절도 차량입니다. 안에서 2구의 시체가 발견되었구요. 둘 다 파키스탄인으로 추정됩니다."

노형진은 눈을 찌푸렸다.

수익원을 잃어버린 이슬람 폭력 조직일 거라 예상했는데
역시나였다.

"대룡에서는 담벼락을 다시 세운다고 합니다. 초소도 확
충하고요."

"그래야지요."

이 미친놈들이 차량으로 납치하려고 했다면 다시 또 같은
일을 저지르지 말라는 법은 없다.

"아, 그리고 가능하면 학교에도 설치해 달라고 하더군요."

"학교요?"

"네."

"하긴……."

기숙사를 노렸는데 안 되었으니 학교를 노릴 수도 있는 노
릇이다.

그러니 학교도 안쪽에 그 차량 돌입 방지 장치를 하고 싶
어 하는 것이리라.

"이건 뭐, 내전 국가도 아니고."

"어찌 되었건 영국 정부도 관심을 가지기 시작했으니까
요."

"관심요?"

노형진은 코웃음을 쳤다.

그는 잘 모르지만, 그 관심이라는 게 실제로는 골 때린다.

'도대체 뭘 어쩌라는 거야?'

영국 의회에서는 싸움이 났다.

그리고 파키스탄을 비롯해서 이슬람 국가들은 인종차별이라고 거품을 물고 있다.

"반응하기에는 좀 오래 걸릴 것 같은데?"

"어딜 가나 정치는 마찬가지인가 봅니다."

성덕우의 말에 노형진은 고개를 끄덕거렸다.

"일단 피해는 없다고 하니 다행이기는 하군요. 계속 부탁드립니다."

"알겠습니다."

그가 나가자 옆에 있던 유민택이 히죽 웃었다.

"역시 노 변호사야. 전술도 배웠어?"

"아니, 왜 여기까지 따라오셔서……."

"와 달라면서?"

"그거야 영국 왕실에 부탁하려고 요청드린 거지, 여기에 와서 부담 주려던 건 아닌데요."

"어차피 영국 왕실에 들어가는 건 이틀 후야."

"그거야 그런데……."

"그나저나 의외군. 이렇게 순순히 접견 허가가 날 줄이야."

"상황이 상황이니까요."

노형진은 유민택에게 영국 왕실에 접견 허가를 신청해 달라고 했다.

이유는 두 가지였다.

첫 번째는 의회를 통해서 움직이려고 한다면 지금 상황처럼 여러모로 꼬이고 느리기 때문이다.

하지만 절대왕정이 아니라고 할지라도 왕실이 사건에 관심을 가지면 처리가 빨라질 수밖에 없다.

두 번째는 대룡이라는 브랜드를 위해서였다.

대룡이 이 모든 일을 하는 것은 다 돈 벌자고 하는 일이다, 진짜로 자선사업을 하기 위해서가 아니라.

그리고 그런 그들에게 영국 여왕과 접견하는 것만큼 '우리는 영국과 우호적입니다.'라고 표현할 수 있는 효과적인 제스처는 없다.

"여왕님께 다른 건 부탁하지 말고 선생님을 요구하라 이거지?"

"네. 영국 여왕도 바보는 아닙니다. 권력도 없이 오로지 카리스마와 존재감으로 수십 년을 통치해 오신 분이에요. 아시지 않습니까, 아무것도 없는 통치가 얼마나 힘든 건지."

"그렇지."

차라리 힘이 있으면 그냥 찍어 누르면 그만이다.

권력이 있으면 협상해도 된다.

하지만 영국 왕실은 입헌군주제이기 때문에 권력이 없다.

그럼에도 불구하고 영국 여왕은 수십 년간 존경을 받으면서 영국의 핵심이 되었다.

"한국의 재벌 같았으면 20년도 안 되어서 없애라고 난리가 났을 거야."

"재벌이 그런 소리 하시면 안 되죠."

"재벌이니까 하는 거네. 나만큼 그놈들 내면을 잘 아는 사람이 또 있을까."

유민택은 어깨를 으쓱하면서 말했다.

"여왕 폐하는 뭐든 들어주겠다고 하실지도 모르지만……."

"알아. 우호적인 제스처가 먼저라는 거지."

"네."

만일 여기서 진출을 도와 달라고 한다면 도와주기는 할 것이다. 하지만 그게 끝이다.

그걸 막기 위해서는 진출을 늦추더라도 왕실과의 선을 만들어 둘 필요가 있다.

"영국 왕실에서 보내 주는 예절 선생이라니."

"좋은 떡밥 아닙니까?"

이쪽은 빈민가다. 그래서 예절에 대해서 무지한 것이 사실이다.

그러니 그 부분이 우려된다면서 영국 왕실에 예절 선생을 부탁한다면, 영국 왕실의 입장에서도 거부하기 좀 그렇다.

자기네 학생들을 지키겠다고 목숨을 걸고 있는데 예절 선생 하나 안 보내 줄 수는 없으니.

"하지만 그 사람이 확실한 왕실과의 선이 되어 주겠지."

싱글거리면서 웃는 유민택.

띠링.

때마침 울리는 핸드폰 소리.

노형진은 그걸 확인하고는 씩 웃었다.

"왜 웃어?"

"채림이한테서 문자가 왔네요. 주문이 너무 많아서 재인쇄 들어갔답니다."

"벌써?"

"네. 광고가 제대로 먹혔네요."

노형진은 피해자 아이들의 일기를 엮어서 책으로 냈다.

적당히 추려 내기는 했지만, 그 책은 전 세계에서 동시 발매를 했으며 사람들에게 충격을 주고 있었다.

물론 그 발행비는 대룡이 내줬고, 수익금 전액은 이 지역을 위해서 사용될 것이다.

"영국판 《안네의 일기》라……."

"영국은 뺑지겠지요."

안네의 일기는 나치의 지배하에서 살았던 안네 프랑크라는 소녀의 일기였다.

그 책은 많은 사람들에게 슬픔을 줬는데, 현대의 영국에서 같은 일이 벌어지고 있다는 사실이 사람들에게 충격이 되었는지 무서울 정도로 판매량이 늘어나고 있었다.

"이게 끝은 아닐 것 같은데."

"일단은 이게 끝은 아닙니다. 상황을 봐서 인터넷 여론 조작 좀 해 봐야지요."

"인터넷 여론 조작? 뭐 하려고?"

"노벨 평화상을 노려 볼까 하고요, 후후후."

"뭐?"

어이가 없는 표정이 되는 유민택이었다.

아니, 이 상황에 노벨 평화상이 왜 나온단 말인가?

"진짜로 노벨 평화상을 주지는 않을 겁니다. 사실 애매하거든요. 피해자이기는 하지만 평화를 위해서 뭔가를 한 건 없으니까."

"그런데 왜?"

"이슈화죠. 그 책에 이름이 떡하니 박혀 있지 않습니까, 대룡이라고?"

"헐."

"수상은 불가능할 겁니다. 기본적으로 언론에 발표했다고 하지만 외부 언론도 아니고 러시아와 중국을 이용했으니까."

하지만 적당히 설득하면 후보로 추천은 받을 수 있을 테고, 그것만으로도 적지 않은 관심을 끌어올 수 있다.

당연히 책은 더욱더 많이 팔릴 테고, 그 안에 있는 대룡의 이름도 더 많이 알려질 것이다.

"이거야 원……."

전 세계를 대상으로 영업하겠다는 노형진의 전략에 혀가 내둘릴 지경이었다.

"의뢰인은 대룡이지, 영국은 아니잖습니까?"

"하하하."

하긴, 지금 영국은 곤혹스러워서 죽을 맛일 테니까.

"일단 여왕님께 부탁하셔서 예절 선생님을 받아 오세요. 아무리 경찰이라고 해도 영국 여왕이 파견한 사람이 두 눈 시퍼렇게 뜨고 있는데 대충 수사하지는 않을 겁니다."

"그렇게 하지."

"아, 그리고 물품 가격을 올리시지요. 케이스도 좀 바꾸고."

"에?"

유민택은 어리둥절했다.

"어떤 거 말인가?"

"영국과 유럽에서 파는 물건요."

"뭐라고?"

지금까지의 방식과는 전혀 다른 홍보 방식이었기 때문에 유민택은 어리둥절했다.

한 지역에 새로 진출하기 위해서 가장 먼저 하는 일이 바로 낮은 가격에 공급해서 사람들이 그 물품에 익숙해지게 만드는 것이다.

그런데 정작 가격을 올리라고 하다니?

"뭐, 다 올리라는 건 아닙니다. 영 불편하시면 따로 패키지를 만드시는 것도 나쁘지 않을 겁니다. 하지만 가격 자체가 오른 물건은 있어야 합니다. 단기적이지만요."

"음······."

가격을 올린다는 것은 쉬운 일이 아니다.

물론 이유야 있겠지만, 가격을 올리면 물품에 대한 접근을 어렵게 만들기 때문이다.

"자세한 이야기를 좀 들을 수 있겠나?"

유민택의 말에 노형진은 잠깐 서류를 보다 말고 덮었다.

"그러지요. 뭐, 어려운 이야기는 아니니까."

"그래. 왜 물품 가격을 올리라는 건가?"

"대룡의 브랜드 때문입니다."

"반대 아닌가? 가격을 낮춰서 알려야지, 왜 올려? 고급화 브랜드를 만들라는 건가? 하지만 우리는 그렇게 고급화 브랜드가 아닌데?"

"아닙니다."

노형진은 고개를 흔들었다.

애초에 노형진이 고급화 브랜드를 만들려고 했다면 이렇게 복잡한 작전을 쓰지는 않았다.

"지금 대룡의 이미지는 뭘까요?"

"응?"

"로더럼 사건은 확실히 사람들에게 대룡이라는 이름을 박아 줬습니다. 그게 목적이었으니까요. 그렇다면, 지금 길거리에 나가서 대룡에 대해서 아느냐고 묻고 뭘 하는 곳이냐고 물어본다면 사람들은 뭐라고 할까요?"

유민택은 잠깐 고민했다. 그리고 이내 눈을 찡그렸다.

그도 바보는 아니다.

좋은 일을 한다 해도, 그 좋은 일이 언제나 좋은 결과를 가지고 오는 것은 아니라는 것을 알고 있다.

특히나 그 브랜드에 대한 정보가 전혀 없는 상태에서 좋은 모습으로만 접근한다면⋯⋯.

"자선단체쯤으로 알겠군."

"맞습니다. 지금 영국과 유럽에서 대룡의 이미지가 딱 그렇지요."

누구보다 빠르게 사태를 파악하고 해결하기 위해서 움직인 곳.

그리고 아이들을 구하기 위해서 서슴없이 돈을 내놓은 곳.

물론 대룡의 입장에서는 어차피 나갈 홍보비를 집행한 것이니 문제가 될 것은 없다지만, 일단 물품이 아닌 좋은 이미지로 접근했기 때문에 사람들은 대룡의 선한 이미지만 기억하고 있다.

"'이들이 착하다'와 '이들이 착하게 장사한다'는 전혀 다른 문제입니다."

"끄응……."

지금 대룡의 이미지는 그냥 '착한 기업'이다. 그리고 그 이후에 다른 이미지가 없다.

"좋은 기업으로 남기는 하겠지만 물건이 팔릴까요, 기업으로서의 대룡에 대해서 전혀 모르는데?"

"그건 그렇군."

노형진은 일어나서 창밖을 바라보았다.

아이들이 학교에 있을 시간이기 때문에 기숙사는 텅 비어 있었다. 움직이는 것이라고는 몇몇 사람들뿐.

그들 중 대룡이라는 기업에 대해서 잘 아는 사람은 몇 명이나 될까?

"영국 왕실에 접견 요청이 쉽게 들어간 것도 대룡이 기업의 이미지보다는 자선사업을 하는 자선단체의 이미지가 강해서입니다. 그건 아시죠?"

유민택은 고개를 끄덕거렸다.

영국 여왕이 어떤 사람이라고 기업 하는 사람들을 다 만나고 다니겠는가?

사실 대룡이 크다고 하지만 전 세계에서 보자면 발에 차이는 게 대룡급 기업이다.

"그러니 기업가로서의 모습을 보이면 안 된다는 겁니다. 하지만 상품은 반대지요. 우리가 그걸 팔아야 기업이 유지되고, 기업이 유지되어야 돈을 벌지요."

"그러면 도리어 가격을 낮춰야 하는 거 아닌가?"

노형진은 씩 웃었다.

"인간은 의외로 멍청한 부분도 있거든요."

"멍청한 부분?"

"아니, 착한 부분이라고 해야 하나? 착하다고 하는 게 맞겠네요. 문제는 가끔 나쁜 쪽으로 영향을 주기도 하지만, 나쁜 성향은 아니니까."

"무슨 말인가?"

"사람은 착한 일을 한다고 하면 마음이 약해지고 손해를 감수하는 성향이 있습니다."

"응?"

"예를 들어 보죠."

과거에 어떤 과학자가 아이들 놀이터에 있는, 매달려서 돌리는 놀이 기구를 우물과 연결하는 생각을 했다.

그걸 설치하면 전기세를 안 먹고 아이들이 놀면서 그걸로 우물의 물을 길어 올릴 수 있다고 생각한 것이다.

"좋은 아이디어구먼."

"망할 아이디어죠."

"뭐? 어째서?"

"두 가지 이유 때문이었죠."

첫 번째 이유는, 그 놀이 기구의 효율이 너무 안 좋았다.

아이들이 매달려서 놀 수는 있다고 하지만 그것만 가지고 놀 수는 없다.

당연히 필요할 때 물을 꺼낼 수가 없다.

차라리 그걸 설치할 돈에 좀 더 보태서 펌프를 설치하는 게 훨씬 편했던 것이다.

"두 번째는 아이들이 놀 거라는 발상 자체가 잘못된 거죠."

"잘못된 발상?"

"그게 설치될 곳은 제3세계 국가이니까요."

가난하고 못살고 제대로 공부도 못 하는 곳이다.

물을 길어 오기 위해서 수 킬로미터를 걸어가야 하는 곳.

그런 곳에 설치하는 것이 목적이었다.

거기까지 들은 유민택은 그 방식에 무슨 문제가 있는지 알아차렸다.

"노동의 형태가 바뀐 것뿐이군."

"네."

개발자는 수 킬로미터를 걸어서 물을 떠 와야 하는 아이들이 불쌍해서 개발한 거지만, 정작 그게 설치된 후 아이들은 거기에 매달려서 끊임없이 빙빙 돌려서 물을 퍼내야 했다.

노동강도는 줄었을지언정 노동시간은 늘어난 것이다.

전에는 퍼 오면 그만이었는데 이제는 계속 퍼내야 하니까.

"문제는 그게 펀딩을 했는데 엄청난 게 돈을 많이 모았다는 거죠."

"허."

"사람들이 착한 일을 하려다 보니 약간 머리가 멈춘 거죠,
하하하."

"그래서, 그게 우리가 가격을 올리는 것과 무슨 관계인데?"

"한시적으로 가격을 올려 해당 물품을 파는 겁니다. 그리
고 그 수익금 전액을 아이들에게 기부하는 거지요."

"기부?"

"직접적인 강간 피해자만 1,500명 이상입니다. 상담 치료
에 얼마나 많은 돈이 들어갈까요?"

"으음……."

"그리고 그 돈을 우리가 낼 수는 없지요."

기숙사야 광고비 대신으로 한다고 하지만 상담 치료비 같
은 건 도무지 감당할 수 있는 수준이 아니다.

대룡이 감당해야 하는 부분도 아니고 말이다.

"가격을 50% 정도 올리고 확실하게 못 박아 버리는 겁니다,
여기에서 버는 돈은 아이들의 상담 치료비에 들어간다고."

그렇게 된다면 사람들은 어떤 행동을 할까?

그냥 옆에 있는 싼 걸 고를까, 아니면 조금의 피해를 입더
라도 대룡의 물건을 고를까?

여건이 되는 사람이라면 대부분 후자를 선택할 것이다.

"그렇게 함으로써 대룡은 기업이라는 이미지를 머릿속에
욱여넣는 겁니다. 물건을 파니까."

"허."

생각지도 못한 방법이었다.

일단 기업 이미지를 박고 좋은 곳이라고 알리는 게 아니라 좋은 곳이라는 이미지를 박아 두고 기업이라고 알리자는 이야기.

"그 두 개는 전혀 다르거든요."

기업 이미지에서 좋은 곳이라고 해 봐야 베이스는 기업이다.

하지만 사회적으로 좋은 단체가 상업 행위를 한다면 나중에도 좋은 곳으로 기억하게 된다.

즉, 같은 물건이 여럿 있더라도 자연스럽게 대룡의 물건을 사게 된다는 것이다.

영국이나 유럽 그리고 미국 같은 곳은 선으로 움직이는 것을 아주 중요하게 생각하기 때문이다.

"그러니까 물품을 번거롭지만 두 개로 포장하세요. 하나는 기존 물품, 하나는 기부 물품."

기존 물품은 기존과 비슷한 형태로 유통된다.

하지만 기부 물품은 기존 물품보다 더 비싸지만 더 많은 수익이 아이들에게 기부된다.

"그렇게 하면 확실하게 대룡이라는 기업을 홍보할 수 있을 겁니다."

최종 목적은 대룡의 브랜드 홍보니까.

"좋은 생각이네. 자네, 여전히 우리 회사에 올 생각 없나?"

노형진은 씩 웃었다.

"저, 연봉 센 거 아시죠?"

"음…… 내가 포기해야겠구먼. 자네를 데려오기 위해서 기업을 팔 수는 없으니 말이야, 하하하."

"음……."

클라라는 슈퍼마켓에서 고민하고 있었다.

대룡이라는 한국 회사에서 나온 물건이 두 종류였기 때문이다.

"왜 그래?"

"아니, 똑같은 게 가격이 달라서."

똑같은 제품이다.

그런데 한쪽은 10유로, 한쪽은 13유로다.

"아, 이게 그 소문의 상품이구나."

"그렇지?"

아이들을 돕기 위해서 대룡이 기존 상품의 가격을 살짝 올려서 출시한 제품.

처음에는 왜 두 개를 따로 출시했나 했지만 그들의 말을 듣고 나니 다들 고개를 끄덕거릴 수밖에 없었다.

-기부는 개개인의 선의로 움직여야 하는 것이라고 생각합니다. 개개인의 존중 없이 기업이 기부를 강제할 수는 없

지요. 그런 의미에서 우리는 같은 모델을 두 종류로 내놓은 것입니다. 기부하고자 한다면 더 비싼 상품을, 만일 아니라면 정상 가격의 상품을 구입해 주시면 됩니다. 그리고 일부 기업들이 이런저런 이유로 가격을 올리고 그 이유가 사라졌음에도 불구하고 가격을 낮추지 않는 경우가 많습니다. 우리 역시 그러한 유혹이 있었지요. 그 유혹을 이겨 내기 위해서 이렇게 정상가의 상품을 함께 내놓는 것입니다. 이렇게 하면 여러분들을 속일 수가 없으니까요.

대룡의 회장이라는 사람이 왕실 접견을 마치고 나와서 한 말이었다.

그는 아이들의 미래를 위해 영국 왕실에 예절 선생님의 파견을 부탁했을 뿐만 아니라 아이들의 상처를 치료하기 위해서 이렇게 상품까지 판다는 식으로 말했다.

"아오…… 이게 싸기는 한데……."

슬쩍 왼쪽을 바라보는 클라라.

하지만 왠지 양심에 찔렸다.

한 지역이 그렇게 지옥이 되도록 몰랐다는 미안함과, 이제야 정상으로 돌아오기 위해서 노력하는 애들에 대한 자괴감이 묘하게 그녀를 건드렸다.

"아, 거참."

옆에 있던 친구가 갑자기 머리를 절레절레 흔들더니 비싼 물건을 들어서 클라라의 카트에 집어넣었다.

"야!"

"그래 봤자 3유로 차이다. 우리는 그거 없어도 안 죽잖아?"

"그건 그런데……."

결국 클라라는 마음먹었다. 그리고 거기에 있던 물건을 우수수 쏟아부었다.

"헐? 그렇게 많이 사게?"

"그래 봤자 30유로 차이야. 우린 안 죽어."

친구는 피식 웃었다.

그렇게 전 영국에서 대룡의 재고는 빠르게 줄어들어 갔다.

⚖

"어이가 없군."

유민택은 머리를 절레절레 흔들었다.

보고서는 대룡의 재고 상황을 표시하고 있었는데, 현재 바닥을 뚫고 들어갈 정도로 떨어지고 있었다.

이게 무슨 뜻이냐면, 물건이 없어서 못 팔고 있다는 소리다.

그리고 그와 반비례해서 수익은 하늘을 수직으로 뚫을 기세였다.

수년간 뻘짓 한 게 의미가 없을 정도의 반전.

"일부에서는 이미 나간 일반 상품을 회수해서 재포장해서 판매하자고 한다더군."

"그건 좀 곤란한데요. 한국하고 달라서요."

"알아."

물건을 재포장해서 파는 것은 영국에서는 불법이다.

"한국 본사에서는 난리가 났다고 하더군. 영국 아가씨들 구해 주려다가 우리 직원들이 과로사하겠어."

유럽 등지에서 갑자기 판매량이 폭발적으로 늘어나자 부랴부랴 만들고 있는 한국 공장은 죽을 맛이었다.

"이쪽 공장을 만드는 걸 좀 더 서둘러야겠어."

"하지만 문제가 있는 거 아시지요?"

"그렇지…… 끄응……."

사실 로더럼은 땅값이 싸기 때문에 공장 부지를 구하는 것은 어려운 일이 아니었다.

슬럼가가 이 지경이 될 정도로 정부에서 신경을 쓰지 않았으니까.

그러니 자신들이 공장이나 물류 창고를 만든다고 하면 지역 주민들은 두 손을 들어 환영할 것이다.

그러나 이렇게 좋은 조건에도 불구하고 기업들이 안 들어온 데에는 이유가 다 있다.

"아직 이슬람 폭력 조직이 문제인데."

그들 때문에 정상적인 기업 운영이 힘들었던 것이다.

하지만 전 세계의 관심이 모이고 영국 여왕의 관심까지 받앗으니 그들이 박멸되기는 할 것이다.

문제는 바로 시간.

"바로 박멸할 수는 없나?"

"정공법으로는 힘들 겁니다."

어찌 되었건 영국은 인권을 상당히 중시하는 나라다.

그러다가 이 꼬라지가 되었다고 하지만, 그렇다고 해서 인권을 무시하면서까지 무슬림들을 몰아내려고 하지는 않을 것이다.

그건 영국 왕실도 마찬가지.

인권에 대한 확고한 신념이 왕실의 의견인 만큼 어떻게 보면 더 천천히 진행될 수도 있다.

"정공법이 힘들다라."

유민택은 씩 웃었다.

"다른 방식이 있다는 거군. 당연히 합법이겠지?"

"일단은요."

싱글거리면서 웃는 노형진.

"하지만 맨입으로는 안 됩니다."

"안 된다고?"

"돈에 비해서 너무 많이 해 드린 것 같은데, 보너스 좀 주시지요."

"으음."

확실히 그랬다.

이렇게 단시간 내에 유럽에서의 지명도와 매출을 올릴 수 있을 거라고는 생각도 못 했으니까.

"좋아. 그러면 새론 전 직원의 영국 여행은 어떤가?"

"흠……."

잠깐 고민하던 노형진은 고개를 끄덕거렸다.

그 정도면 나쁜 보너스는 아니다. 어차피 돈 더 받으려고 한 이야기가 아니었으니까.

그걸 아니까 유민택도 저런 보너스를 이야기한 것이고.

"제 방법은 파파라치를 이용하는 겁니다."

"뭐라고?"

"유럽과 미국에는 파파라치가 무척이나 많지요."

"그건 알지."

연예인들의 삶을 찍은 사진을 팔아서 연명하는 사람들.

과거 다이애나 왕세자비의 사고 당시에 파파라치는 죽어 가는 그를 찍으면서 구조하지 않아서 처벌을 받은 일도 있었을 정도다.

"그들은 대부분 가난합니다."

"가난?"

"네."

제대로 찍은 사진 한 장이면 수십억을 번다. 그래서 그거 하나에 매달리는 것이다.

하지만 대부분의 경우 그러한 기회를 잡는 것은 불가능에 가깝다.

그들의 표적이 될 만한 사람들은 그들의 존재를 알고 있어서 극도로 조심하는 데다가, 조금이라도 문제가 될 것 같은 일은 아예 하지 않기 때문이다.

"그들을 이용하는 거죠. 그들에게 이 지역 무슬림들의 사진을 찍어 오라고 하는 겁니다."

유민택은 고개를 갸웃했다.

그게 무슨 의미가 있단 말인가?

사진이야 찍을 수 있다지만 찍어서 그걸로 신문을 낼 수는 없는 노릇이고.

"할까?"

"돈만 준다면 그들은 할 겁니다."

"확실하게 몰아낼 수 있다면 당연히 하기는 하겠네만……."

유민택은 솔직히 사진만으로 몰아낼 수 있을 것 같지는 않았다.

"물론 사진만으로는 안 되지요. 하지만 사진에 일상이 찍혀 버리면 이야기는 달라지지요."

"달라진다고?"

"네. 전에 사건을 해결하면서 알게 된 것이 있지요."

영국은 폭넓은 인권과 종교적 자유를 인정한다.

그 때문에 영국은 다른 나라와 다르게 샤리아 법원, 그러니까 이슬람의 규칙에 따른 법원도 존재한다.

"그들은 샤리아에 따라 재판하도록 되어 있지요. 당연히 샤리아에서 인정하지 않는 것들이 발각되면 문제가 됩니다."

"호오?"

노형진의 말에 유민택의 눈이 반짝거렸다.

그가 알기로 무슬림들에게 샤리아는 절대적이다.

그리고 이러한 폭력 조직을 만들어서 활동하는 자들은 절대로 샤리아를 지키지 않는다.

술 마시고 여자를 품고 돼지고기를 먹으면서, 걸리지만 않으면 된다는 식으로 무분별하게 행동한다.

"그 사진으로 고발하라 이거군."

"네."

과연 그렇게 고발당했을 때, 그리고 여기에 있으면 고발당할 수밖에 없다는 사실을 알았을 때 그들이 어떻게 행동할지는 두고 볼 일이었다.

⚖️

얼마 후, 파파라치 커뮤니티에서 은밀한 소문이 돌기 시작했다.

어디서 시작된 소문인지 모르지만 배고픔에 허덕이던 가난한 파파라치의 입장에서는 상당히 군침 도는 소문이었다.

"이슬람 율법을 위반하는 사람을 찍어 오면 돈을 준다고?"

"그래. 건당 400유로 준다더라."

"음?"

건당 400유로. 적지 않은 돈이다.

그게 없어서 방세도 내지 못하는 사람들이 허다하다.

"인원과 상관없이?"

"아니, 한 사람당."

"뭐야, 그게?"

"찍는 우리 말고, 피사체 한 명당 말이야."

"피사체 한 명?"

파파라치들은 귀가 솔깃했다.

피사체 한 명당 400유로.

그냥 사진도 아니고 이슬람 율법을 어기는 사진을 찍어야
한다는 것이 문제이기는 하지만…….

"그래도 사흘에 한 명은 건질 수 있지 않겠어?"

그러면서 두툼한 자신의 가방을 두들기는 친구.

그걸 본 다른 파파라치는 고개를 들고 그에게 물었다.

"너 그거 하게?"

"당장 돈이 될 걸 찾아야 할 거 아냐. 씨발, 사진 하나 잘
찍으면 대박이라지만, 그런 거 찾는 게 쉽냐?"

"후우."

파파라치는 사진 하나 잘 찍으면 대박이라고 한다.

맞는 말이다.

하지만 그 대상이 되는 사람도 그걸 감안하기 때문에 실제

로 그 대박을 내는 건 극도로 힘든 일이다.

"한 달 내내 찍어 봐야 그저 그런 사진들뿐이잖아."

흔하게 뽑을 수 있는 사진들은 잘해 봐야 2천 유로 정도다.

그걸 가지고 생활은커녕 기름값도 대기 힘든 것이 사실.

"잠깐이기는 하지만 그래도 제법 짭짤한 수익 아니겠어? 생각해 봐, 우리나라에 들어온 무슬림이 무슬림이야?"

"하긴."

술 마시고 돼지고기 먹는 등 아주 개판인 경우가 무척이나 많다.

한 이틀만 돌아다니면 못해도 한 명은 뽑을 수 있을 테니 그렇게 생각하면 한 달이면 열다섯 명은 찾을 수 있다는 건데, 그러면 무려 6천 유로가 넘는다.

목숨 걸고 오토바이를 타지 않아도, 그리고 보디가드에게 두들겨 맞지 않아도 된다.

"할 거야, 말 거야? 너 지금 네 달째 건수가 없다면서?"

"아, 씨발……. 말하지 마, 빡치니까."

신문사가 바보도 아닌데 흔해 빠진 길거리 사진을 돈 주고 사지는 않는다.

그들은 대상이 망가지거나 자극적인 사진을 원한다.

누군가를 패는 모습이라도 담긴 사진이라면 모를까, 길 가는 모습을 찍는 파파라치는 수십 명 단위이니 의미도 없고.

"방세 안 내면 쫓겨난다면서."

"알았다, 알았다고. 같이 하자, 씨발. 너 혼자 다니려고 하니까 무서워서 그러는 거 아냐?"

그 말에 친구는 히죽 웃었다.

"좋은 게 좋은 거 아냐? 같이 다니면 안전하기도 하고, 네가 짭짤하게 부수입도 올리고."

"그래서 대상 지역이 어딘데?"

"로더럼."

"로더럼?"

그는 고개를 번쩍 들었다.

요즘 한창 시끄러운 동네가 아닌가?

"어때, 군침 당기지?"

"으음……."

로더럼이 군침이 당기는 이유는 간단하다.

그곳에서 요즘 온갖 사건 사고가 넘치기 때문이다.

극우 세력들의 충돌.

선진국이라고 알고 있던 유럽에서 벌어진 잔악한 범죄.

그리고 피해자들의 눈물.

"어쩌면 이거 돈 좀 될지도 모르겠는데?"

"그러니까. 갈 거지?"

"당연하지."

그들은 왠지 돈 냄새가 강하게 느껴진다고 생각했다.

샤리아 법원.

그곳은 샤리아를 기준으로 재판하는, 영국에서 인정한 법원이다.

그런데 그곳에 엄청난 양의 고발이 들어가면서 로더럼의 무슬림들은 공포에 떨기 시작했다.

"옆집의 핫산이 고발되었대요."

"뭐?"

"샤리아 경찰이 핫산이랑 가족들을 개처럼 끌고 갔다는데요?"

무슬림들이 충실하게 샤리아를 지킨다고 하지만 모든 것이 넘치는 영국에서 그런 마음을 지키는 것은 쉬운 일이 아니었다.

그런데 얼마 전부터 자신들의 일거수일투족을 감시해서 샤리아 경찰과 샤리아 법원에 무차별적으로 넘기는 집단이 생겨났다.

"으으으……."

하메드는 머리를 부여잡았다. 하루하루가 지옥 같은 느낌이었다.

"여보, 당신도 다시 히잡 쓰고 다니는 게 좋지 않을까?"

"네?"

"이러다가 샤리아 경찰 놈들이 쳐들어오면 어떻게 해?"

"그거야……."

샤리아 경찰이 처들어오면 단순 처벌이 문제가 아니게 된다.

차라리 감옥에 가는 게 덜 고통스러울 정도로 그들에게 괴롭힘을 당한다.

'최악의 경우…….'

그는 얼마 전에 있었던 일을 생각하고 눈을 질끈 감았다.

이 지역에 있던 영국인 여자애들이 사라지자 폭력 조직은 시선을 다른 여자들에게 돌렸다.

다름 아닌 자신의 가족들이었다.

약탈로 삶을 살아온 그들이, 여자애들이 사라졌다고 멀쩡한 삶을 살아갈 수는 없었기 때문이다.

"차라리 이곳을 뜨자."

머리를 부여잡고 한참을 고민하던 그는 결국 결심한 듯 고개를 들었다.

"네? 이곳을 떠나자고요?"

"그래. 이 상황에서 어떻게 살아?"

하루가 멀다 하고 경찰과 극우 세력과 폭력 집단의 충돌이 벌어지고, 실수라도 할라치면 샤리아 경찰에게 집단 폭행을 당하거나 법원에 고발되는 게 일상이다.

그가 이슬람을 믿는 무슬림이기는 하지만 이러한 상황에서 가족을 지킬 수는 없었다.

"우리 애 생각도 해야지."

아내의 시선이 자고 있는 딸의 방으로 향했다.

이제 열 살. 아직 세상 물정 모르는 나이다.

하지만 폭력 집단은 열한 살만 되어도 여자로 보고 강간을 하던 놈들인 만큼 그들의 눈에 들어가기까지 얼마 안 남았다.

여자가 부족하니 어쩌면 벌써 노리고 있을 수도 있다.

'딸뿐만이 아니야.'

아내도 그들이 노릴 수 있다.

아내는 이슬람 신자이기는 하지만 아주 충실한 신자는 아니라서 히잡을 쓰지는 않는다.

그러나 폭력 조직이나 샤리아 경찰은 히잡을 넘어서 부르카까지 쓰라고 요구하는 상황.

"여기를 떠나서 다른 곳으로 이주하자. 더 유럽 안쪽으로."

"하지만 여기는요?"

"여기는 끝났어."

당장 오늘 죽을지 내일 죽을지 모르는 판국에 여기에 있을 이유는 없다.

"우리 회사에서도 벌써 네 명이나 빠져나갔어."

"에?"

"두 명은 집단 린치로 이도 안 남았고."

"……"

"여기는 지옥이야."

자기 마음에 안 들면 뭘 해도 통제가 되지 않는 지옥.

"당장 집 내놓고 가자. 어딜 가든 여기보다는 나을 거야."

하메드는 주먹을 꽉 쥐었다.

⚖️

"무슬림 세력이 무시무시한 속도로 빠지고 있다는데?"

손채림은 영국에서 온 보고서를 가지고 와서 노형진에게 내밀며 말했다.

"벌써 해당 지역 무슬림 인구 중 4분의 1이 빠져나갔대."

"그렇겠지. 자기들이 살기 힘드니까."

"무서운가 봐?"

"그렇겠지."

어떤 집단이든 극단적 세력은 피도 눈물도 없다.

특히나 무슬림은 교리 자체가 그러니까.

"그래서 그들에게 미끼를 던진 거야?"

"그런 거지."

피도 눈물도 없는 극단 세력들에게 미끼를 던지는 것은 쉽다.

저들이 너희들에게 맞지 않는다는 것을 보여 주면 되니까.

"애초에 이슬람 폭력 조직이 왜 영국인 빈민을 노렸을 것 같아?"

"글쎄."

"샤리아에 따르면 이슬람 신자가 아닌 여성은 사람도 아니거든."

그러니 그들에게 범죄를 저지른다고 해도 이슬람 율법에 따르면 문제가 되지 않는다.

물론 법적으로는 문제가 되겠지만 영국이 그 법의 집행을 보류했으니…….

"그런데 상황이 바뀌었잖아."

아이들을 기숙사로 빼돌리고 무장한 병력이 호위하는데 납치할 수는 없다.

거기에다 전 세계적으로 이슈화되고 여왕까지 이 사태에 분노해 개인적으로 신경 쓰자, 마침내 경찰이 움직이기 시작한 것이다.

"그리고 그 사진의 목적은 그거지. 또 다른 먹잇감."

"잔인해."

"잔인? 결국 자초한 거야."

샤리아를 지키지 않는 무슬림들의 사진과 그들에 대한 고발.

샤리아를 지키지 않는 무슬림은 결국 이단이라는 소리이니 극우 세력과 폭력 조직에 저들을 착취해도 된다는 핑계가 되어 준 것이다.

"거기에다 상황도 안 좋아졌지."

주변에서 무슬림이라고 하면 색안경을 끼고 보고 있으며, 경찰도 과거와 다르게 우호적이지 않다.

그뿐만 아니라 백인 우월주의자들의 습격도 계속되고 있다.

"일반 무슬림 신자들이 폭력 조직을 알게 모르게 지원했기 때문에 그 지역에서 그렇게 무슬림 폭력 조직이 활개를 친 거야."

그러나 상황이 달라지자 폭력 조직이 노리는 대상이 바뀐 것이다.

"한 지역을 소탕하는 가장 효율적인 군사작전은 그 지역의 지원 세력을 소탕하는 것."

특히나 이런 종교적, 인종적 세력의 경우 지원 세력이 사라지고 나면 무너지는 것은 순식간이다.

"과거부터 해방자라고 생각했던 사람들이 돌변하면 사람들의 마음이 떠나는 경우는 많았거든."

지지 세력이 없어져 버린 상황에서 그들이 버티기 위해서는 남은 사람들을 착취할 수밖에 없다.

그렇게 되면 남은 사람들은 점점 마음이 멀어질 테고, 그들을 감춰 주는 대신에 고발하는 것으로 방식이 바뀔 것이다.

"아마 해당 지역의 땅값은 엄청나게 떨어지겠지."

"대룡이 그때 들어간다 이거구나."

"그래."

그때 땅을 사서 공장을 세우고 지역에 일자리를 제공한다면 어렵지 않게 영국에서 자리를 잡을 수 있을 것이다.

"하여간 대단해. 이번에는 스케일 참 남다르다."

노형진이 피식 웃었다.

"스케일은 중요한 게 아니야. 중요한 건 이기는 거지."

영국이든 중국이든 러시아든, 노형진에게 중요한 건 의뢰를 달성하는 것이다.

　　그 덕분에 확실히 대룡이 영국, 아니 유럽에 자리 잡을 수 있었다.

　　"그나저나……."

　　노형진은 힐끗 짐을 바라보았다.

　　"넌 영국으로 이민 가냐?"

　　가득한 캐리어를 보면서 어이가 없다는 듯 말하는 노형진.

　　영국으로 휴가를 간다고 어마어마하게 챙겨 간다.

　　"여자는 이 정도는 기본 아니겠어?"

　　"캐리어 두 개가?"

　　"기본이지."

　　"고작 일주일인데? 얼마 전에 출장도 일주일 갔다 온 거잖아?"

　　"그건 출장, 이번은 관광. 이게 여자의 세계야."

　　"아……."

　　노형진은 머리를 흔들었다.

　　한 가지는 확신할 수 있었다.

　　자신이 전 세계를 이해하고 도구로 사용할 수 있을지는 몰라도, 여자의 세계는 죽을 때까지 이해하지 못할 거라는 것을 말이다.

노동의 가치?

　－나날이 노동시장에서 인력 부족을 이야기하고 있는데요, 이 문제에 대해서 어떻게 생각하십니까?

　－전 청년들의 눈이 너무 높다고 생각합니다. 저 때만 해도 일만 시켜 줘도 감사하다고 고개를 숙여 가며 야근에 숙직에 철야에, 목숨 걸고 일했어요. 그런데 요즘은 휴가 달라, 월급 올려 달라. 빨갱이 근성에 젖어서…….

　－이 사태의 원인은 나태해진 청년들 탓입니다.

　－요즘 청년들은 노오오오력을 안 해요, 노오력을.

　－노동시장에 인력이 부족하면 중국에서 우리의 동포인 조선족을 데리고 오면 됩니다.

　－그러면 군대는 어쩌실 건가요? 군 병력의 감소도 걱정되는데요?

─당연히 조선족을 귀화시켜서 그들이 군 생활을 하게 하면 됩니다.

뉴스를 보던 노형진은 혀를 끌끌 차면서 꺼 버렸다.

"이건 뭐 경제 원리의 기본을 박살 내면서 시작하는구먼."

"그러니까. 도대체 저 인간들은 젊은이들이 뭐라고 생각하는 걸까?"

"아마도…… 언제든 써먹고 버릴 수 있는 일회용 티슈?"

"정답이네."

아이와 놀아 주던 노현아 역시 그걸 보고 고개를 저었다.

그녀가 집에서 육아에 전념하는 중이긴 하지만 기본적인 상식은 있다.

그런데 이런 상식을, 정치를 하신다는 분들께서는 안 가지고 있는 모양이다.

"왜 젊은 사람들이 일하러 가지 않는지에 대해서는 생각하지 않나 봐."

야근? 한다.

철야? 한다.

주말 반납? 한다.

다만 그에 대한 대가가 지불된다면.

그러한 대가도 없이 일하라고 한다면 누가 하려고 하겠는가?

노력?

지금 과거의 인간들과 일대일로 싸워서 지는 청년은 거의 없다.

　적당히 먹고 놀다가 대학 졸업하던 자들과, 1학년 때부터 죽어라 공부해서 자격증을 따고 외국어 회화를 익히고 어학 연수까지 다녀온 청년들이 싸움이 될 거라 생각할까?

　"결국은 기득권의 싸움이지."

　저들이 저런 소리를 하는 이유는 간단하다.

　자기들이 밀리는 걸 아니까, 자기들의 능력이 안 되는 걸 아니까 아래 세대를 폄하하고 착취하고 버리려고 하는 것이다.

　"에효. 너희 매형은 안 저러겠지?"

　"누나."

　"응?"

　"매형은 착취하는 처지가 아닌 착취 대상이야."

　"그래?"

　"쯧쯧, 누나가 초임 판사의 상황을 잘 모르는구나."

　"피곤해 보이기는 하는데……."

　"피곤? 그냥 피곤하기만 하면 다행이지."

　사람들은 판사가 되면 무척이나 떵떵거리면서 목에 힘 팍 주고 사는 줄 안다.

　그런데 초임 판사의 경우, 한 달에 처리해야 하는 사건의 양이 백 단위를 넘어간다.

더군다나 노형진의 매형인 박광석은 일 많기로 소문난 서울 중앙 지법 소속.

"사실 아주 죽으려고 하긴 해."

"그렇겠지."

단순히 계산해도 하루에 열다섯 건 이상의 사건은 증거를 검토하고 판결을 내려야 한다.

그러니 시간은 부족하고 일은 넘친다.

사건 하나를 보고 분석하고 결정하는 데 걸리는 시간은 대략 40분 선.

"맨날 그 짓을 하니 사람들의 법 감정이랑 관계가 없는 판결을 내리게 되는 거야."

한 건당 못해도 두 시간은 살펴야 하는데 30~40분 보고 한 사람의 인생을 판단해야 하는 것이다.

"아니, 그러면 사람을 늘리든가. 요즘 집에 들어오면 파김치야. 아니, 파김치가 더 싱싱하겠다. 그치? 까꿍!"

딸과 놀아 주면서 말하는 노현아.

"맞는 말이기는 한데 한 가지 문제가 있어."

"어떤 문제?"

"원래 개구리는 올챙이 적 기억 못 해."

"엉?"

"늘려 달라고 요구하는 건 위에 있는 놈들이 해 줘야 하거든."

그런데 연차가 되어서 고위 사건 담당이 되면 그때부터 '꿀 빠는' 것이다.

뇌물도 챙길 수 있고 사건도 줄어들고 접대도 받고.

그런 상황에서 판사의 숫자가 늘어나는 것은 자신의 권력이 분산된다는 뜻이다.

확실하게 뇌물을 받을 수 있는 사건이 다른 사람에게 갈 가능성이 높아지니까.

"그러니 위에서는 판사의 확충을 결사반대하지."

"허."

"그게 몇 년째야. 군대랑은 좀 다르지."

군대에서는 병력을 감축하자고 하면 당장이라도 나라가 망한다고 거품을 문다.

그런데 그들이 진짜로 나라가 망해서 그러는 걸까?

그렇지 않다.

병사가 줄어들면 부대가 줄어들고, 부대가 줄어들면 장교와 별들의 자리도 줄어든다.

"아니, 그러면 권력이 집중되는 거니까 좋은 거 아냐?"

"군대는 좀 다르다니까."

군대의 착취 대상은 사건이 아닌 병력이다.

뇌물이 올 수 있는 사건은 상부 몇몇이 싹쓸이하듯이, 군대에서는 군 병력이 있는 곳에 뇌물과 착취 그리고 횡령이 존재한다.

"밥 먹여야지, 간식 먹여야지, 옷 입혀야지, 재워야지, 거기에 무기도 줘야지."

"아아아."

당연히 그 숫자가 줄어들면 착취할 곳도 줄어든다는뜻.

"오묘하네."

"그러게 말이야. 이건 뭐 성스러운 바퀴벌레도 아니고."

"응? 그게 무슨 소리야?"

"아, 모 게임에서 하는 소리야."

모 게임에 자기 회복 능력을 가진 캐릭터가 있는데 어찌나 안 죽는지 별명이 성스러운 바퀴벌레, 즉 '성바퀴'란다.

성바퀴 대 성바퀴가 싸우면 하루 종일이라도 싸울 수 있다나?

"그렇게 때려잡아도 끝이 없네."

노형진이 한번 대대적으로 털어 냈음에도 불구하고 군대 내부에서 빼돌리려고 하는 작자들은 끊임없이 나왔다.

"그나저나 저 사람들 말대로 될까?"

"글쎄, 그것도 곤란한데."

저들의 논리는 간단하다.

사람이 없으면 중국에서 수입하면 된다.

아주 간단한 논리이기는 한데, 그게 또 위험하다 못해서 나라 말아먹겠다는 논리다.

'로마가 왜 망했는지 생각도 하지 않는 모양이네.'

'위대한 로마'라고 불렸던 로마가 망한 이유는 바로 외국인들 때문이었다.

원래 로마의 군대는 가장 성스러운 의무로 취급받아서 귀족들만이 갈 수 있었다.

그런데 로마제국 말기, 귀족들은 자신들이 가는 대신에 해외에서 용병을 데리고 와서 국방을 맡겼다.

그리고 그들이 돌변하면서 로마는 그대로 불타올랐다.

'세상천지에 자기 나라 국방을 외국 사람을 수입해서 하겠다는 놈이 어디 있어?'

머리를 절레절레 흔드는 노형진.

프랑스 외인부대가 있다고 하지만 그들은 어디까지나 보조 전력이다.

그리고 프랑스는 그들을 포섭하기 위해서 확실히 보장을 해 준다, 프랑스 국적뿐만 아니라 적지 않은 돈 그리고 취업까지.

그런데 우리나라는 한 달에 10만 원도 안 되는 돈으로 중국에서 사람들 데려와서 나라를 지키게 한다?

'중국에 나라가 안 넘어가면 그게 이상한 거다.'

정치인들의 헛소리가 하루 이틀이 아니라지만 이건 대놓고 나라를 팔아먹겠다는 소리이기 때문에 노형진은 절로 고개가 흔들릴 수밖에 없었다.

"나라 꼴 참 잘 돌아간다."

"그러니까 기존 직원들을 모두 자르고 중국인들로 채우고 있다 이 말씀이지요?"

"네."

노형진이 다시 회사에 왔을 때 기다리는 사건은 약간 당혹스러운 것이었다.

"그걸 법적으로 막을 수 없는 겁니까?"

"하아, 글쎄요……. 일단 법적으로는 불법이 아니라서요."

"아니, 이게 말이나 됩니까? 멀쩡한 사람들을 다 자르고 중국인하고 조선족으로 대체한다는 게……."

열을 내는 사람들은 분노에 차 있었다.

"벌써 한 달 넘게 일을 하지 못하고 있습니다."

"전 세 달째예요."

"아침에 출근해도 의미가 없어요. 모조리 중국인들만 데려가니까요."

"음……."

노형진은 머리를 북북 긁었다.

'이건 완전히 개판인데.'

이들이 새론을 찾아온 이유는 건설 기업들 때문이었다.

방사능 사건으로 멀쩡한 아파트들을 부수어야 했던 기업들은 그 피해를 복구하기 위해서 다른 방법을 찾기 시작했는데, 그게 바로 인건비였다.

원래 한국인 노동자들의 임금은 초보자는 10만 원, 중급 숙련자는 15만 원, 기술자와 고급 숙련자는 20만 원 선이다.

그런데 기업이 돈을 아끼기 위해서 무차별적으로 중국인들을 데리고 온 것.

그들은 하루 일당이 6만 원에서 8만 원 사이이기 때문이다.

"아니, 그건 그렇다고 쳐도, 기술자까지 개판입니다. 이러다가 누구 하나 죽어요."

"그 정도입니까?"

"실제로 우리 현장에서는 한 명 죽었어요."

"에?"

현장에 가면 비계라는 것이 있다.

고기에 붙어 있는 기름 부위를 말하는 게 아니라, 외부에서 고공 작업을 할 수 있도록 설치하는 발판을 뜻한다.

"그런데 그 비계를 설치하는 게 상당히 힘들거든요."

모조리 철판이라서 무거운 데다가 제대로 설치하지 않으면 무너질 수도 있기 때문이다.

"그런데 그걸 중국 놈한테 맡겼습니다."

중국인에게 맡겼는데 그놈이 제대로 설치하지 않은 것.

그 바람에 비계가 무너지면서 세 명이 다치고 한 명이 죽는 사고가 있었다는 것이다.

"내부에서 제대로 마감하지 않아서 부착물이 떨어지는 경우도 종종 있구요."

"음……."

그때 무너져서 죽은 사람도 중국인인지라 쉬쉬하면서 넘어갔다고 하던가?

'하긴.'

한국 사람이 죽었다면 몇십억을 보상해야 하지만 상대적으로 물가가 싼 중국이니 훨씬 적은 돈으로 합의가 가능했을 것이다.

"거기에 맛들렸어요."

보통 일하러 나가는 방식은 두 가지다.

신도시 건설이나 아파트 단지 건설 같은 대규모 공사 현장에서 장기간 일하기 위해 아예 적을 두고 출근하는 것과, 단기간 일하기 위해 인력 사무소를 통해 출근하는 것이다.

그런데 요즘은 아예 적을 두고 있는 사람들에게 나오지 말라고 한 다음에 인력시장에 가서 인건비가 싼 중국 사람만 싸악 끌어간다는 것이다.

"어째서……?"

노형진은 약간 당황했다.

오랜만에 쉬고 나왔더니 생각지도 못한 상황이 터지고 있었다.

"아마……."

옆에서 조용히 듣고 있던 손채림은 뭐가 알 것 같다는 표정이 되었다.

"그 사건 때문에 그럴걸."

"무슨 사건?"

"공사장 인부들을 전부 피폭 검사했잖아, 그것도 기업 돈으로."

방사능 물질이 들어 있는 아파트들이 실제로 발견되었고, 그로 인해 인부들에 대한 대대적인 피폭 검사가 있었다.

실제로 그중 일부는 피폭이 확인되어 치료까지 했고.

"그런데 중국 사람들은 그거 해 줄 필요 없잖아?"

"아⋯⋯."

돈도 조금 줘도 불만이 없는 데다가 여러 가지 치료비도 안 줘도 된다.

설사 문제가 터져서 사람이 죽어도 한국 사람에 비하면 터무니없이 낮을 정도의 배상금만으로 모든 사건이 끝난다.

"네가 영국에서 난리를 치는 동안 이쪽도 한참 시끄러웠어."

"왜 몰랐지?"

"네가 알 틈이 있었나?"

하긴, 영국의 로더럼 사건은 전 세계가 뒤집힌 사건이었으니 한국에 신경 쓸 틈이 없기는 했다.

"맞습니다. 그때 기준으로 그래요."

"이런 개 같은⋯⋯."

의뢰인 역시 같은 말을 하자 노형진은 한숨만 나왔다.

'아주 대놓고 그런다 이거지.'

사실 원래도 이건 심각한 문제가 되는 일이었다.

자꾸 싼 중국 인부만 쓰다 보니 건축 후에도 문제가 많았던 것이다.

'그러고 보니⋯⋯.'

회귀 전 친구도 놀러 갔던 백화점 천장이 무너지면서 머리를 크게 다친 적이 있었다.

나중에 조사한 결과, 비숙련된 조선족 근무자가 제대로 고정하지 않아 결국 무너진 것.

만일 40센티미터만 더 옆에 서 있었다면 크게 다치는 게 아니라 그냥 죽었을 것이다.

"그런데 이거⋯⋯ 법적으로는 어떻게 못 합니까?"

대부분의 현장 근무자들은 오늘 벌어서 오늘 먹고산다고 할 정도로 생활이 열악한 경우가 많다.

물론 숙련자들은 어지간한 실내 근무자들보다 더 많이 버는 것도 사실이다. 하지만 그렇게 되기 위해서는 10년이 넘는 기간을 덥고 추운 곳에서 개고생해야 한다.

그나마도 비정규직에 언제 잘릴지 모르고 일도 위험한 게 바로 노가다인데⋯⋯.

'하여간 한국은 전문가의 가치를 쥐똥만큼도 취급하지 않

는다니까.'

다른 나라와 다르게 전문가를 인정하지 않고 그냥 착취의 대상으로만 보고 있으니 나중에 문제가 될 수밖에 없는 것이다.

문제는 그런 착취를 기업에서만 하는 게 아니라 이 나라 정부에서도 암묵적으로 동의해 주고 있다는 것.

"법적으로는……."

노형진은 다소 곤혹스러웠다.

"어떻게 못 합니다."

"네에?"

"물론 그들이 불법체류자를 쓰거나 한다면 신고할 수는 있지요. 신고는 해 보셨나요, 의심되는 사람도 있을 텐데?"

"그게……."

의뢰인 중 한 명이 한숨을 푹 쉬었다.

"사실 우리 현장에서 불법체류자를 쓰기는 하거든요."

"업자가 어딘데요?"

"팔각수요."

노형진은 눈을 크게 떴다.

팔각수.

안 그래도 지난번에 엿 한번 먹이려다가 여건상 못 했는데 그 이름이 다시 나올 줄이야.

"그런데요?"

"신고야 했지요. 뒤가 안 좋아서 문제지."

신고해서 경찰이 왔다 갔는데 제대로 처리도 되지 않았고, 도리어 며칠 후에 신고했던 근로자가 누군지 모를 자들에게 집단 린치를 당해서 무려 전치 9주가 나왔다는 것이다.

"허?"

기본적으로 신고자는 비밀로 들어가게 되어 있다. 그런데 특정해서 공격했다?

'이 새끼들이 증말…….'

안 봐도 뻔하다.

경찰 내부에서 누가 신고했는지 알려 줬을 테고, 재신고를 막기 위해서 조선족이나 중국인이 집단 린치를 했을 것이다.

그리고 그 경우는…….

"범인은 못 잡고요?"

"네."

노가다판에 CCTV가 있을 리 없으니 범인의 얼굴도 못 봤다.

"신고하고 싶어도, 어떻게 신고합니까?"

현재 현장에는 한국 사람보다 중국인이 많다.

안 그래도 슬쩍슬쩍 그들이 한국인 인부를 위협하는데 신고할 만큼 간땡이가 부은 사람은 없다.

"위협한다고요?"

"벽돌이 아슬아슬하게 옆으로 떨어진다거나 각목이 갑자기 쏟아진다거나……."

"미친……."

위험해서 신고를 못 하게 하려는 속셈이다.

더군다나 경찰이 왔다가 그냥 갔다면, 신고해 봐야 의미가 없을 테고.

"그리고 도망갈 길은 많지요."

"그렇겠네요."

건설 현장에서 경찰이 도착하면 그 많은 인원을 다 모아서 여권을 검사해야 하는데 사방이 트인 곳이니 도망가도 모르고, 설사 도망가지 못했다 해도 노가다를 뛰러 오는데 여권을 가지고 오는 사람은 드무니 나중에 가지고 오겠다고 둘러대면 무사히 통과할 수 있다.

"아마 경찰과 이야기가 되어 있겠네요."

"네."

그러니 신고해 봐야 의미는 없을 것이다.

그렇다고 법적으로 어떻게 하자니, 기업 입장에서 그들을 고용하는 것은 불법이 아니다.

수익을 기본으로 하는 기업의 입장에서는 당연히 싼 사람을 고용하려고 할 테고.

"방법이 없을까요?"

"어……."

노형진은 손채림을 바라보았다.

하지만 손채림도 어깨를 으쓱할 뿐이었다.

"왜 날 봐? 이런 건 네가 전문이잖아."

"그렇겠지."

새론에 들어오는 수많은 사건들 중 초고난이도 사건은 자연스럽게 노형진에게 오게 되어 있다. 문제는…….

'이런 건 사건이라고 볼 수도 없다는 거지.'

사건이라고 할 수는 없지만 또 그냥 둘 수도 없는 상황.

"일단은 좀 알아보도록 하겠습니다."

확답을 줄 수 없으니 알아본다는 말 말고는 노형진도 할 수 있는 말이 없었다.

이 경우에는 법적으로 문제가 없기 때문에 사실상 해 줄 수 있는 것이 없기 때문이다.

"잘 부탁드립니다."

결국 사람들은 고개 숙여 인사하고 바깥으로 나갔다.

그런데 맨 뒤에 있던 젊은 사람이 웬일인지 나가지 않았다.

"안 나가?"

"아, 전 다른 사건 때문에 물어볼 게 있어서요."

"하긴. 그래, 물어보고 가라."

다른 사람들은 별 의심을 하지 않고 바깥으로 나갔다.

노형진은 그렇게 홀로 남은 남자를 보면서 고개를 갸웃했다.

"학생…… 같으신데요?"

다른 사람들에 비해서 훨씬 젊은, 아니 어려 보이는 모습.

옷도 다른 사람들은 전형적인 작업복인데 이 사람은 깔끔한 면바지에 티셔츠였다.

"학생 맞습니다."

"그런데 무슨 사건 때문이신지? 아시다시피 변호사들은 상담비를 따로 받아야 하는데요."

"아까 그 사건과 연관되어 있어서도요?"

"뭐, 그렇다면 아직 상담 시간이 남아 있기는 합니다만."

일반적으로 변호사들의 상담비는 30분에 5만 원, 한 시간에 10만 원이다.

아직 시간이 좀 남았으니 상담하는 건 어렵지 않다.

"아까 그분들 사건과 관련이 있다면, 말씀하시지요."

"이게 말하면 되게 위험해지는 사건이라……."

"위험?"

노형진은 고개를 갸웃했다.

위험하다고 할 정도면 도대체 무슨 일이 벌어지고 있단 말인가?

"일단은 전 대학생입니다. 방사능학과에 다니고 있고요."

"그런데 왜 저분들과 오신 겁니까?"

"요즘은 뭐라도 하지 않으면 대학도 못 다니잖습니까?"

씁쓸하게 웃는 학생의 모습에 노형진도 입맛이 영 씁쓸해졌다.

등록금이 비싸다는 말에 정부는 등록금을 깎는 대신에 등록금을 빌려주는 식으로 대처하고 있기 때문이다.

"그런데 무슨 일이시기에……?"

"저분들은 아무래도 자기 일자리 문제만 걱정하시는 것 같아서요."

당연하다.

당장 학생인 그도 돈에 쩔쩔매는데 부양해야 하는 가족이 있는 아버지들의 입장에서는 어쩔 수가 없는 고민일 것이다.

"그런데 제가 걱정하는 건 다른 겁니다."

"다른 거?"

"네. 요즘 철거가 시작되지 않았습니까?"

"철거라고 하면? 아아…… 네 네, 알죠."

방사능 사태가 터지고 나서 방사능 물질로 오염된 아파트들에 대한 대대적인 철거가 진행되고 있었다.

그건 노형진도 아는 일이다.

아무리 아파트 입주에 목을 맨다고 해도, 방사능에 오염되어 들어가면 100% 죽는 아파트에 들어가려고 하는 사람은 없으니까.

"그런데 그곳에 문제가 좀 있습니다."

"문제라고 하면?"

"안전시설은커녕 최소한의 안전장치도 없습니다."

"네? 그게 무슨 말씀이십니까?"

"말 그대로입니다. 그냥 일반적으로 철거하듯이 그냥 부수고 있습니다. 멋모르고 일당으로 끌려갔다가 놀라서 심장이 멈추는 줄 알았습니다."

그의 말을 듣던 노형진은 입을 쩍 벌렸다.

아무리 저농도 방사능이라고 해도 방사능에 오염된 아파트다. 그런데 그걸 철거하는데 안전장치가 없다고?

"자세하게 말씀을 좀……."

"자세하게 말하고 자시고도 없습니다. 그냥 평소 복장 그대로 한다니까요."

사람들이 안전장치도 방사능 차폐복도 없이 그냥 건물을 철거하는 데 동원되고 있다는 것이다.

"사실 현장에 투입되는 사람들도 문제지만, 거기서 나오는 먼지가 주변 공사 현장과 집들에 퍼지고 있습니다."

"이런 미친……."

그러니까 사방으로 방사능 물질이 풀풀 날리고 있다는 뜻이다.

"전 다급하게 도망쳐 왔지만 다른 분들은 별생각 없이 일하더군요. 좀 나쁜 생각이기는 한데, 요 근래에 중국인을 주로 쓰는 게 안도될 지경입니다."

"으음……."

그런 방식은 아주 심각한 문제다.

그럴 수밖에 없는 게, 방사능은 몸 안에 쌓이면 절대로 바깥으로 나가지 않는다.

물론 요오드 등을 통해서 배출시킬 수 있다고 하지만 그런

걸 현장에서 줄 것 같지는 않았다.

"정말 아무것도 없이요?"

"네."

방사능 차폐복도 마스크도 없고, 그냥 일반 노가다 현장처럼 한다는 것.

마른 날씨에 콱콱 부서트리고 있으니 당연히 먼지가 날릴 테고, 그 먼지를 사람들이 흡입하게 될 것이다.

'이런……'

노형진도 미처 예상하지 못한 부분이었다.

"혹시 회사가 어딘지 아십니까?"

"제가 간 곳은 팔각수라는 기업이었습니다."

또다시 팔각수다.

아까 전에도 사고가 난 곳은 팔각수라고 했다.

'이 새끼들은 사람 목숨을 파리 목숨보다 더 쉽게 아는 건가?'

그냥 일자리를 두고 싸우는 것과 지금의 문제는 너무 상황이 다르다.

일자리도 중요하지만 이건 더 중요한 문제다.

"항의해 보셨나요?"

"해 봤지요."

그러나 그에게 돌아온 말은 무식한 노가다꾼 주제에 어디다 덤비느냐는 것이었다.

자신이 방사능학과 학생이라는 것도 밝혔지만 회사에서는

고작 학생 주제에 어디서 입을 터느냐는 식으로 무시했다는 것.

"더군다나……."

"심각한 문제가 있나 보군요."

"조만간 폭파 공법을 쓸 거라고 하더군요."

"폭파요?"

"네."

"이런 미친……."

폭파 공법은 깔끔하고 빠르기는 하지만 필연적으로 엄청난 먼지를 발생시키게 된다.

물론 그게 일반 먼지라면 문제가 없겠지만 방사능이 첨가된 거라면 그 충격으로 엄청나게 멀리까지 날아갈 것이다.

"정부에 신고는 했습니까?"

"했지요."

"뭐라던가요?"

"그건 기업에 따지라고 하던데요."

하긴, 정부에서 대책을 세워 주었다면 그가 여기까지 올리 없다.

'하긴…… 지금 정권은 친재벌 정권이니.'

기업에 손해가 되는 일은 결코 하지 않으려고 하는 곳이 지금 정권이니 어찌 보면 당연한 일이다.

더군다나 팔각수라면 최재철의 입김이 닿아 있는 곳이다.

이번 사건도 그의 영향력이 미친 건지는 알 수 없지만.

"전 일자리보다는 그게 더 중요하다고 생각합니다."

"음……."

맞는 말이다.

일자리는 다른 곳에서 구할 수도 있지만 암이나 백혈병, 기타 다른 질병에 걸리면 목숨을 잃을 테니까.

"알겠습니다. 이건…… 나설 수밖에 없군요."

발을 빼지도 못하게 된 상황에, 노형진은 절로 눈이 찌푸려졌다.

법적으로 저쪽에 잘못이 없다고 하지만 의뢰가 들어온 이상 그냥 기다릴 수는 없다.

새론은 그와 관련해서 여러모로 조사했는데, 파고들면 파고들수록 이건 답이 없었다.

"몇 명?"

"100만 명 정도라고 추정하더라."

"추정이 100만이라……."

정상적인 노동 허가를 받아서 들어온 사람이 60만이 넘고 불법체류자는 대략 20만 명, 그리고 관광 비자 등으로 들어와서 일하는 사람도 20만 명 정도를 예상한다.

"흠……."

"그렇게 많을 줄은 몰랐어."

"어쩔 수 없어. 무조건 막을 수는 없으니까."

노형진은 어깨를 으쓱했다.

"나라가 발전하면 가장 먼저 부족해지는 것이 소위 말하는 3D 업종의 사람들이야. 이번에도 그렇고."

자신들에게 와서 불만을 토로한 일용직 노동자들의 마음도 이해한다.

자기 자리를 빼앗기는 것이 마음에 안 들 것이다.

"하지만 그렇다고 해서 외국인 노동자들을 안 쓰면 현장이 돌아갈 것 같아? 미안하지만, 안 돌아가."

그나마 여기에 왔던 사람들은 전기기술자니 목수니 하는 전문가들이다.

그러나 진짜 일당으로 일하는 잡부라는 사람들은 없었다.

"대부분의 잡부들은 기술이 없어. 그냥 막일을 하는 거지. 문제는 그 막일을 하는 잡부들은 대부분 이제 나이가 많다는 거야."

노가다라는 것은 체력 싸움이다. 노련함도 필요하지만 체력도 필요하다.

"그리고 현재 우리나라는 젊은 사람들이 그쪽으로 가려고 하지 않지. 그러니 잡부 같은 건 중국인 노동자들을 쓸 수밖에 없어. 그게 현실이고."

외국인 노동자라고 해서 무조건 색안경을 끼고 볼 수는 없다.

물론 이번에는 중국인들이 좀 과한 욕심을 부리는 건 사실이지만.

"하긴, 나도 조사하면서 참 답이 없더라."

"그러니까."

"다들 젊은 애들이 노오력을 하지 않는다고 하던데?"

"개소리지."

노력이라는 것은 성장의 가능성이 보일 때나 하는 것이다.

과거에는 주경야독이라고 해서 낮에 일하고 밤에 공부하는 것도 가능했다.

하지만 지금은 그게 불가능하다.

학원에 과외에 미친 듯이 매달려서 공부해도 될까 말까인데 낮에 일하고 밤에 공부해서 이길 수 있을 리 없다.

"그리고 설사 그렇다고 해도 말이야, 노가다로 시작하면 노가다로 끝나거든."

노형진도 머리를 긁으면서 말했다.

"세상이 발전하기 위해서 가장 필요한 게 바로 계층 간 사다리야."

노력하면 성공할 수 있다.

위로 올라갈 수 있는 길이 보이면 사람은 노력하게 된다.

하지만 대한민국에서 계층 간 사다리는 사라진 지 오래다.

기득권이 그걸 없애기 위해서 수십 년간 노력했으니 당연한 일이다.

"한번 빠져들어 가면 올라갈 방법이 없는 거지."

대표적인 예가 바로 중소기업과 대기업이다.

중소기업에서 일하다 대기업으로 가라?

이게 얼마나 개소리냐면, 중소기업에서 받는 월급은 대기업의 절반 정도밖에 되지 않는다.

더군다나 대기업은 스물여덟 살 이상이 되면 거의 취업이 불가능하다.

남자가 군대와 대학을 졸업하면 아무리 빨라 봐야 스물여섯 살인데, 2년간 중소기업에서 일한다고 하면 기회가 박탈되는 것이다.

그리고 대부분의 대기업은 중소기업의 경험을 경력으로 인정해 주지 않는다.

"더군다나 중소기업들의 상태가 어떤데?"

대부분 하청으로 들어가서 대기업에 착취받으면서 소위 인건비 따먹기 대상이 된다.

당연히 근무 환경도 좋지 않다.

그런데 그런 곳에서 일하면서 새로 졸업하는 애들과 싸워서 대기업에 취업하라?

"현실을 모르는 개소리지."

결국 온갖 감언이설로 속여 넘기려고 해도 젊은 사람들이 중소기업에 들어가려고 하지 않는 것이 현실이 된다.

"악순환이야, 악순환. 결과적으로 외부 인력이 젊은 사람들의 일자리를 빼앗는 거지."

"하지만 정부의 말은 다르던데? 어차피 외부에서 일하는 사람들도 똑같은 돈을 받아 간다고."

노형진은 피식 웃었다.

틀린 말은 아니다.

"그 똑같은 돈의 기준이 뭔데? 최저임금이야."

"음……."

"지금 최저임금을 기준으로 하면 한 달에 130만 원이나 될까?"

문제는 생활의 기반이다.

한국인들은 한국에서 살고, 외국인들은 외국에서 산다.

물론 한국에서 쓰는 돈이 없는 건 아니지만 대부분의 돈은 해외로 보낸다.

"여기서 차이가 나는 거야."

정부의 발표대로 똑같이 최저임금을 주면 젊은 사람은 생존이 불가능해진다.

결혼? 그건 꿈도 꾸기 힘들다.

"하지만 외국인들은 다르지."

최저임금을 기준으로 한국에서 5년간 일하면 파키스탄과 같은 곳에서는 집 두어 채를 사고 가게도 내며 결혼도 할 수 있다.

"똑같은 돈이더라도 한쪽은 숨 쉬는 것 말고는 못 하고 다른 한쪽은 빌딩도 올릴 판국인데 어느 쪽이 더 유리하겠어?"

"후우……."

"거기에다 한국인들은 노조라도 만들지."

한국인들은 노조를 만들어서 저항이라도 해 보지만, 외국인은 노조에 속하는 순간 계약이 해지될 테니 노조 활동도 못 한다.

당연히 파업도 못 하고 사회적으로 저항도 못 한다.

"결론적으로 이들이 존재하기 때문에 사회적으로 인건비가 억제되는 부분도 부정하지 못해."

한국인을 쓰지 못한다면 외국인을 쓰면 된다는 식으로 말이다.

"그러면 어떡해? 마냥 쫓아낼 수는 없잖아?"

"그러니까."

마냥 쫓아내자니 그건 명백한 인권침해이자 외국인 차별이다.

그렇다고 그냥 두자니 현실적으로 노동자의 가치를 하락시켜서 대한민국 경제 전반에 악영향을 끼치는 것도 사실이다.

"와, 이거 어느 쪽으로 가도 함정이네."

가장 좋은 방법은 일단은 젊은 사람들 위주로 노동시장을 개편하고 그 부족분을 외국인으로 채우는 것이다.

해외시장에서는 그게 기본이다.

'그런데 한국은 그게 아니라는 거지.'

당장 노가다만 해도, 한국인은 일당이 10만 원 이상인데 중국인은 6만 원이다.

법적으로 최저임금 이상을 주는 거니 불법은 아니고, 그 점을 이용해서 건설 업체들은 막대한 차익을 얻어 내고 있다.

"이건 내가 어떻게 못 하겠는데."

"헐, 네 입에서 못 한다는 소리가 다 나와?"

"안 나오겠냐? 양쪽 의견이 다 틀린 건 아니잖아?"

이건 정치와 경제의 문제이지 법적인 문제가 아니다.

아무리 노형진이 엄청난 갑부라고 해도 이걸 뜯어고칠 정도의 능력은 안 된다.

설사 있다고 해도, 그리할 의무도 없고.

"의외네. 넌 무조건 쫓아내자고 할 줄 알았는데."

"왜?"

"그냥, 이슬람 사건도 있고."

노형진은 피식 웃었다.

확실히 그렇게 보일 수도 있다는 생각이 들었다.

"난 내가 평등주의자라고는 생각하지 않아. 확실히 외국인이라고 색안경 끼고 보지 않는다고는 못 하지. 하지만……."

"하지만?"

"인종차별에 눈이 돌아가서 쫓아내자는 소리도 안 해. 현실은 현실이야. 내 마음에 안 든다고 하더라도 그들은 현실에 녹아들어 있으니 그걸 받아들이려고 노력해야 하는 것은 우리 책임이야. 우리가 부정하고 외면한다고 해서 현실이 바뀌는 건 아니잖아?"

"그런가?"

"그래. 더군다나 남자라는 족속은 외부에서 들어온 남성에 대해서 적대적일 수밖에 없어. 그건 본능이야."

과거에 전쟁이 터졌을 때 최대의 전리품 중 하나는 바로 여자였다.

그래서 과거에는 전쟁 중에 강간 사건이 흔하게 벌어졌고, 지금은 군법으로 막고 있는데도 사건이 일어난다.

"남자에게 있어서 자기 부족의 여자를 빼앗긴다는 것은 패배했다는 뜻인데, 대부분 그 정도로 부족이 패하면 남은 것은 노예 생활뿐이지."

그러한 역사적 경험은 본능 수준으로 각인되어 있다.

그래서 어떤 나라든 외국인이 자기네 부족, 그러니까 현대의 자기네 국가에 들어오는 것을 좋아하지 않는다.

"그건 유럽도 미국도 다 마찬가지야. 다만 그걸 이성으로 억누를 뿐이지."

"흠."

"그런 면에서 난 내 내면을 인정해."

외국인 노동자들은 싫다.

그러나 그건 본능에 기인한 것이니 현실적으로 받아들여야 한다고 스스로에게 계속 말한다.

"그게 현대 남자들 대부분의 마음이지."

그냥 무조건 난 외국인 노동자를 환영한다고 하는 남자는 없다.

"묘한 감정이네."

"인류가 발전하면서 생긴 이성과 본능의 충돌 중 하나야."

물론 영국 사건의 경우 이성이 너무 맛이 가서 터무니없는 이상이 되어 버렸지만.

"그렇다고 그냥 둘 수는 없고?"

"그래."

이성과 본능의 충돌이고 나발이고, 외국인 노동자들에게 일자리를 빼앗기는 것은 현실이며 또한 인건비를 억눌러 국민들의 노동력의 가치가 떨어지게 하는 것도 현실이다.

"그렇지만 동전의 양면 같은 부분도 확실하게 존재한단 말이지."

그들이 없으면 한국의 기본적인 3D 업종의 인력 부족도 현실이며, 젊은 사람들이 그곳에 가지 않으려고 하는 것도 현실이다.

"가장 좋은 방법은 그들이 인건비를 올려서 젊은 사람들에게 메리트를 제공하는 건데……."

"될 리가 있나."

그게 불가능하다는 것은 손채림도 인정하는 바였다.

누가 봐도 그렇다.

욕심의 문제가 아니라, 대부분의 중소기업이 대기업의 하청으로 인건비 따먹기를 하는 판국에 인건비를 올려 줄 수 있을 리 없지 않은가.

"대기업이 돈을 더 줄 리는 없고."

"완전히 골 때리네, 이거……."

노형진은 머리를 북북 긁었다.

이건 해결할 수도 없고 중재할 수도 없는 일이다.

"아무래도 이건 새론에서 직접 나서야겠는데."

"뭐?"

"나 혼자 전국에 있는 모든 사람들을 대상으로 싸울 수는 없잖아."

"그 말은?"

"해결은 못 하지만…… 완화는 할 수 있을지 모르지."

"오오, 능력남."

이 정도의 일을 완화하는 것 또한 쉬운 게 아니다. 그런데 그걸 할 수 있다니.

"하지만……."

"하지만?"

"아마 팔각수랑 한번 붙어야 할 거야."

노형진의 말에 손채림의 눈이 사정없이 찡그러졌다.

"흠……."

송정한과 무태식 그리고 김성식을 비롯해서 주요 멤버들

은 노형진과 함께 회의실에서 이번 의뢰에 대해서 이야기하고 있었다.

"이건 엄밀하게 말하면 정부에서 해결해 줘야 하는 거 아닌가? 우리가 무슨 정부 부처도 아니고."

"그렇기는 합니다만……. 대표님도 아시지 않습니까, 그건 불가능하다는 걸요."

"그렇겠지."

현 정부는 오로지 재벌만을 바라보고, 재벌을 밀어주며, 재벌을 위해서 나라를 뜯어고치고 있었다.

그럴 수밖에 없는 게, 그들에게 뇌물을 주는 건 재벌이기 때문이다.

"그런 상황에서 자국민과 외국인 처우에 공정성을 기한다는 건 불가능한 일 아닌가? 더군다나 방사능 문제까지 끼어 있는데."

현재 대한민국에서는 누가 봐도 역차별이 벌어지고 있다.

노동자들을 탄압하면서 인건비를 깎으려고 하고 있는데 거기다 대고 '균형을 맞춰 주십시오.'라고 하면 분명히 문제가 될 것이다.

거기에다 방사능 건물 철거.

그건 어마어마한 돈이 든다.

"그때 얼마나 들었지?"

"대룡 사건 때요?"

"그래."

과거 성화가 대룡에 피해를 주기 위해서 방사능이 들어 있는 철근으로 건축자재를 바꿔치기한 적이 있었다.

그 당시에 일찍 알아차리기는 했지만 그걸 철거하느라 대룡은 적지 않은 피해를 입었다.

"제가 알기로는 일반 철거보다 여섯 배 정도 더 들었다고 했습니다."

"여섯 배라……."

한 동만 해도 그 피해가 어마어마한데, 지금 전국에 이런 곳이 백 군데도 넘을 테니 작은 기업은 휘청거릴 수도 있는 상황이다.

"어쩔 수 없습니다."

직원들에게 일반 작업복이 아닌 방사능 차폐복을 줘야 하고, 일하다 보면 찢어질지도 모르니 여분도 넉넉히 준비해 놔야 한다.

게다가 만일에 대비해서 요오드를 지급하고 검사까지 해야 하니까.

심지어 요즘은 땅속 깊은 곳까지 파내서 지하 주차장을 만들고 건물을 올리기 때문에 해당 지역을 다 긁어내서 정화 작업을 해야 한다.

"그나마 그때는 철근뿐이었지요."

이번에는 시멘트까지 방사능오염된 곳들이 발견되었으니

비용이 더 들 수밖에 없다.

먼지가 외부로 비산하지 못하도록 건물 자체를 애워싸야 하기 때문이다.

"이거 안 좋은데. 이거 터트리면 한국에 있는 건설 기업들이 모조리 우리를 죽이려고 덤빌 거야. 팔각수야 더 기를 쓰고 덤빌 테고."

안 그래도 지난번에 팔각수가 유찬성을 죽이려고 덤비려고 했다.

무려 4선 의원을 정치적으로 몰락시키기 위해서 전혀 상관없는 사람들의 인생을 망가트리려고 한 자들이다.

그런 그들을 상대로 새론이 표면에 드러나는 것은 아직 위험한 일이다.

"자네도 알겠지만 아직 최재철의 권세는 끝나지 않았네."

그의 권력은 아직 절대적이다.

일정 부분에 한해서는 도리어 현직 대통령보다 더 권력이 강한 것이 최재철이다.

"압니다."

"그런데 우리가 나서면 그들의 관심을 끌게 될 거야."

지금이야 그저 이름을 아는 수준이라고 생각하지만, 관심을 끌면 그들이 자신들을 죽이려고 덤비지 말라는 법이 없다.

"그래서 고민을 좀 했는데요……."

"또 방패를 세우려고 하는 건가?"

"네."

"하지만 누구를? 그리고 누가 그렇게 흔쾌하게 방패가 되어 줄 거라는 건가?"

"그게……"

노형진은 슬쩍 머리를 긁었다.

좋은 방법이기는 한데 양심에는 약간 찔린다.

'하긴, 그쪽 입장에서는 도긴개긴일 테지만.'

노형진은 마음을 강하게 먹었다.

어차피 이 싸움을 하면서 좋은 소리만 할 수는 없다.

"인권 단체입니다."

"인권 단체?"

"네."

"아니, 인권 단체라니? 일자리에 집중하려고 하는 겐가? 하지만 이번에 더 중요한 건 방사능인데."

송정한은 어리둥절해졌다.

인권 단체와 방사능의 관계가 이해가 가지 않았기 때문이다.

"이 방법을 고민하면서 가장 중요한 게 뭔지 생각해 봤습니다."

'과연 정부와 기업에서 중국인과 조선족을 쓰는 이유가 무엇인가?' 하는 것.

답은 이미 나와 있었다.

"의뢰인들이 말해 준 사건에서 이미 답이 나와 있더군요."

"그게 무슨 말인가?"

"비계 추락 사고요."

공사용 발판인 비계가 무너지면서 사람이 죽고 다친 죽은 사건.

그걸 설치한 사람도, 죽은 사람도 중국인이다.

"그런데 그 사고에 대한 배상은 터무니없이 낮았다고 하더군요."

"응?"

원래 중국 인력은 인건비가 싸다.

그런데 이렇게 사고가 나는 경우, 그 배상액의 차이가 어마어마하다.

한국이었다면 못해도 2억 이상의 배상금이 나왔을 테지만 그들은 배상금으로 고작 4천만 원 나왔다고 했다. 그 정도면 중국에서는 큰돈이니까.

"그러니까 그 부분을 노리는 겁니다."

"그 부분을 노린다?"

"표면적으로는 일자리를 위해서 일하는 것으로 보이게 해야 합니다. 우리를 드러내지는 않겠지만, 혹시 모르니까요. 일단 인권 운동을 해서 중국인들의 노동의 가치와 한국인의 노동의 가치를 동일하게 맞추는 거죠."

"동일하게 맞춘다?"

"네."

지금 중국인의 노동의 가치는 훨씬 낮다.

그건 인정할 수밖에 없다.

그래서 대기업이 중국인 노동자를 쓰는 것이고.

"하지만 노동의 가치가 동일해진다면, 과연 대기업이 중국인을 우선해서 쓸 이유가 있을까요?"

"으음…… 그럴 이유는 없겠군."

어찌 되었건 대기업은 돈이 목적이다.

그리고 노동의 가치가 같다면 팔은 안으로 굽는다.

정확하게 표현하자면, 중국인에게 주는 돈은 해외로 나가는 돈이고 한국인에게 주는 돈은 국내에서 도는 돈이다.

그러니 그 돈이 다시 기업에 돌아오게 하려면 한국인에게 주는 것이 더 유리하다.

"그렇게 되면 한국인 위주의 고용이 이루어지겠지요."

"하지만 부족한 자리가 있을 텐데?"

"네, 그 자리를 중국인들이 채우게 될 겁니다."

아무리 노동의 가치가 동일해진다고 해도 결국 한국인들이 가지 않으려고 하는 곳이 있기 마련이다.

구조적으로 월급이 적을 수밖에 없는 곳들 말이다.

"하지만 그것도 외국인 차별 아닌가요?"

무태식이 우려스럽게 말했다.

"글쎄요. 외국인 차별이라고 볼 수는 없지요. 전 세계적으로 단순노동자들이 이주해 왔는데 그들에게 고위직을 맡기는 곳이 있던가요?"

"으음……."

"이상만 보면 끝이 없습니다. 미국에서도 한국 사람들은 설거지를 하거나 세탁소나 슈퍼마켓을 하는 사람 수준으로 봅니다. 일본도 별반 다르지 않고요."

애초에 해외 노동자를 수입하는 가장 큰 이유는 3D 업종의 빈자리를 채우기 위해서다.

정부의 지도 계층이라고 할 수 있는 자리에 외국인 노동자를 수입하는 나라는 없다.

"국회의원 수입하는 나라 보셨어요? 아니면 의사를 수입하는 나라는? 아니면 판검사는? 사회 지도층을 수입하는 나라 보셨나요?"

"……."

"그게 현실입니다."

더군다나 단순노동자로 들어오는 사람들의 지식수준이 그만큼이 안 되는 건 뻔하게 알고 있다.

그런데 공정하게 자리를 차지할 수는 없다.

"물론 그들이 노력해서 프로그래머나 의사 같은 특정 직업군이 되려고 하는 걸 막으면 차별이겠지요. 하지만 그들이 아무것도 모르는 걸 뻔하게 아는데 공정성 어쩌고 하면서 위에 둘 수는 없지 않습니까? 그리고 그렇게 해서 사달이 난 곳이 바로 얼마 전에 있었구요."

영국의 로더럼이 딱 그렇게 생각해서 결국 나라가 작살이 날 뻔했다.

제대로 일하지 않은 영국 의회 때문에 몇몇 지역에서는 불만에 찬 시위가 커져서 폭동까지 벌어졌던 것이다.

"절대적 평등은 없습니다."

억울하면 공부해서 한국에 진출할 수 있게 하면 된다.

한국의 의대가 외국인을 안 받지는 않으니 한국 의대를 나와서 의사 자격을 따면 되는 것이다.

"외국인이라고 해서 도리어 고위직을 줘야 하는 거 아닌가? 그게 역차별입니다."

"복잡하군요."

무태식은 머리를 절레절레 흔들었다.

이번 사건은 참으로 중간이라는 것이 애매하다.

"중요한 건 그들의 가치를 똑같이 만드는 겁니다."

한국인과 외국인의 가치. 그 가치를 같이한다면 자연스럽게 나라가 정상으로 돌아갈 것이다.

"그 와중에 팔각수와 부딪칠 거라 이거지?"

"네."

송정한은 잠깐 고민했다.

그리고 살짝 짜증이 나는 것을 느꼈다.

이런 건 정부에서 해야 하는 일인데 어째서 자신들이 하고 있는지 어이가 없었기 때문이다.

'하지만 그냥 둘 수도 없으니.'

한곳에 뭉친 외국인 세력이 폭력 조직화되어서 한 지역을 좀먹는 건 흔하게 봤다.

안산에서도 그랬고, 로더럼에서도 그랬다.

그리고 의뢰인들의 증인에 따르면 공사 현장에서 같은 일이 벌어지고 있다고 했다.

그렇다면 그냥 두면 한국에서도 로더럼 같은 일이 벌어지지 말라는 법은 없다.

지금도 그들이 한국인 노동자를 쫓아내기 위해서 린치까지 하는 판국인데.

"좋네, 그렇게 하지. 우리가 할 수 있는 데까지는 말이야. 그런데 그 후에는? 인권도 중요하지만 더 중요한 건 방사능이야. 인권 문제야 뭐 인권 단체들이 떠들면 말이 나오겠지만, 아까도 말했다시피 방사능 문제를 터트리면 한국에 있는 대부분의 건설 기업이 우리를 노릴 거야. 아무리 우리가 대룡의 보호를 받는다고 해도 못 버틸 걸세."

"방법이 있습니다. 그래서 여러분더러 모여 달라고 했구요."

노형진은 사람들에게 차근차근 방법을 설명하기 시작했다.

그리고 노형진이 말을 할수록 그 어마어마한 스케일에 다들 입을 쩍 벌리기 시작했다.

짱깨라고 부르지 마라. 중국 무섭다

한국 사람들은 중국을 무시한다.

가난하고 못살고 무식하고 등등.

하지만 중국은 그렇게 만만한 나라가 아니다.

사회적 문제와 정치적 문제로 인해서 성장의 한계가 있기는 하지만 그 잠재력만큼은 어마어마하다.

똑같이 국민 한 명이 라면 한 개씩 산다고 가정했을 때, 한국에서는 겨우 5천만 개지만 중국은 무려 13억이다.

당연히 부자들이 가진 돈의 가치도 다르다.

한국에서 부자라고 목에 힘주는 사람도 중국에 가면 그저 그런 동네 부자 소리나 겨우 들을 지경이니까.

물론 노형진은 아니다.

"노형진! 오! 한번 만나고 싶었습니다."

노형진은 화려한 집으로 들어가면서 혀를 내둘렀다.

'이건 뭐······.'

작은 빌딩 하나를 통째로 자기 집으로 쓰는 수준이라니.

"반갑습니다."

노형진은 싱글거리면서 웃었다.

"하하, 그 유명한 마이스터의 주인을 만나니 기분이 좋네요. 안으로 들어가시죠."

안으로 들어가자 한 상 가득 음식이 차려져 있었다.

그걸 보고 노형진은 혀를 내둘렀다.

'이건 뭐······.'

오늘 만나는 사람은 자신과 손채림 그리고 이 집의 주인인 왕원뿐이었다.

그런데 음식은 족히 마흔 명이 먹고도 남을 정도다.

"차린 건 없지만 맛있게 드십시오, 하하하."

"저게 차린 게 없는 거야?"

어안이 벙벙해진 손채림이 말하자, 노형진은 살짝 씁쓸한 표정으로 웃었다.

"자, 드십시다."

왕원이 밥을 먹기 시작하면서 식사 시간이 시작되었다.

이런저런 일상에 관련된 화제부터 정치나 경제에 관한 토론까지, 다양한 이야기가 오갔다.

"그나저나 옆의 분은……?"

손채림을 보고 눈을 반짝이는 왕원을 보면서 노형진은 피식 웃었다.

그의 여성 편력을 알고 있기 때문이다.

'얼나이가 백스무 명이라던가?'

왕원은 몇 년 후에 부패 혐의로 사형당하는 사람이다.

얼마나 부패했는지 '얼나이', 그러니까 첩이 백스무 명이라던가?

그런 사람이니 손채림을 보고 눈을 반짝거릴 만하다.

"여자 친구입니다."

그러나 노형진은 번거롭게 설명하기도 귀찮고, 여기서 뭉뚱그리고 넘어가면 귀찮게 할 걸 알기 때문에 선을 확실하게 그어 버렸다.

"아, 그래요?"

왕원의 눈에 아쉬움의 빛이 스쳐 지나갔다.

물론 그 눈빛을 본 손채림은 얼척이 없다는 표정이 되었고.

"그나저나 저한테 하실 말씀이 있다고……?"

"거래를 하고 싶어서요."

"거래?"

"좀 중요한 일인데 주변에 사람들이 많네요."

그는 주변을 스윽 둘러봤다.

그러자 시중을 들던 모든 사람들이 조용히 식당에서 나갔다.

"그래, 저한테 하실 말씀이 뭔지 궁금하네요."

"아, 별거 아닙니다. 한국에 있는 중국인들을 위해서 투자를 좀 하시라는 거죠."

"네?"

"한국의 인권 단체에 투자하시라는 겁니다."

"무슨 농담을……."

진짜 농담이라 생각한 건지 왕원은 피식 웃었다.

하지만 노형진의 다음 말에 얼굴이 굳어졌다.

"농담 아닙니다."

"제가 왜 그래야 합니까?"

중국은 인권에 대한 인식이 바닥을 치는 나라다.

도로 한복판에서 강간이 벌어지고 있어도 모른 척하는 나라가 바로 중국이다.

세계적으로 인권침해국으로 소문이 난 나라의 사람더러 한국의 인권 단체에 기부하라고 하니 어이가 없을 수밖에.

"하지만 하지 않으시면 불리해지실 텐데요."

"불리는 무슨."

피식하고 비웃는 왕원을 보면서 노형진은 슬며시 사진 한 장을 내밀었다.

그걸 본 왕원의 얼굴이 딱딱하게 굳었다.

"이거 얼나이 맞지요?"

"……."

부들부들 떠는 왕원.

"몇 번째 얼나이인가요? 100? 101? 아, 102번은 누군지 압니다. 그 아나운서분이지요?"

싱글거리면서 웃는 노형진을 보면서 왕원은 부들부들 떨기만 할 뿐, 딱히 부정하지도 못했다.

"너…… 뭐야?"

"마이스터의 주인이지요. 그리고 그 정도 정보력을 가지고 있고."

"아무리 그래도 그렇지……!"

"그리고 당에서 당신을 유심히 바라보고 있는 거 모르시지요?"

왕원의 얼굴이 새파랗게 질렸다.

당에서 자신을 유심히 바라본다는 것은 뭔가 감시한다는 뜻인데, 당에서 그럴 이유는 하나뿐이다.

'바보 아냐? 이러고 살면 모를 리 없잖아?'

그는 얼마 후 총살당한다. 이유는 바로 부패.

"중국은 부패에 대한 처벌이 어마어마하게 강하지요."

물론 권력이 너무 강하면 사형까지는 안 당하지만, 어쭙잖은 권력으로 깝치면 본보기로 사형을 당하는 경우가 많다.

왕원이 딱 그 짝이다.

중국공산당의 핵심 부서에서 일하고 적지 않은 권력을 가지고 있지만, 그게 부패에도 면죄부를 받을 수 있을 정도는 아니다.

"자, 잠깐만……."

왕원은 머리를 부여잡았다.

외국의 부자에게 정보가 넘어갈 정도면 당에서도 이미 자신에 대한 정보를 가지고 있다고 봐야 한다.

"으으……."

그는 좀처럼 정신을 차리지 못했다.

그 모습이 너무 심각해 보여서 손채림이 걱정할 정도였다.

"저 사람, 괜찮은 거야?"

"괜찮아. 물론 충격은 크겠지만."

"그런가?"

"그래. 우리는 이쯤에서 일어나면 되는 거야."

"그럼 난 다른 사람들을 만나러 가면 되는 거지?"

"그래."

노형진은 고개를 끄덕거렸다.

그리고 왕원을 물끄러미 바라보았다.

"우리는 먼저 가 보겠습니다. 연락처를 남겼으니 만나고 싶으시면 우리가 묵고 있는 호텔로 오시면 됩니다."

정신이 나간 왕원을 두고 바깥으로 나온 노형진은 타고 온 차량에 손채림을 태워 보내고, 자신은 택시를 타고 숙박 중인 호텔로 향했다.

"과연 얼마나 걸릴까?"

왕원을 노리는 이유는 간단하다.

그는 몰락한다.

자신의 목숨뿐만 아니라 아내의 목숨도 구하지 못한다.

둘 다 사형당하는 것이다.

그에게는 두 딸이 있는데, 둘 다 그 몰락을 버티지 못하고 자살하고 만다.

문제는 그가 그 사실을 잘 알 것이라는 것이다.

"중국이 다른 건 몰라도 그건 확실하지."

수백억짜리 군사 비리를 생계형 비리라고 실드 치는 대한민국과 다르게 비리가 걸리면 죽인다. 확실하게 죽인다.

그게 중국이다.

다만 부패가 워낙 심해서 죽여도 죽여도 끝이 없다는 게 문제지만.

"그걸 모를 리는 없으니."

안 걸렸으면 모를까, 걸린 걸 안 이상 왕원이 살기 위해서 발악할 것은 당연하다.

물론 다른 나라로 도망칼 수도 있다.

하지만 중국은 우리가 무시할 뿐이지 부정할 수 없는 강국이다.

다른 나라로 간다고 해도 인도 요청을 할 것이다.

만일 안 된다고 하면, 암살자라도 보내서 일가족을 모조리
죽이려고 할 것이다.

"살기 위해서 길을 찾을 수밖에 없지, 후후후."

그리고 그 방법을 찾기 위해서 그는 노형진을 찾아올 것이
다.

다음 날, 핼쑥해지다 못해서 시체처럼 보이는 모습으로 왕
원이 노형진을 찾아왔다.

얼마나 크게 충격을 받은 건지 걷지도 못해서 휠체어를 타
고 온 모습을 보니 안타까울 지경이었다.

"당에서는 얼마나 알고 있습니까?"

"거의 확신 수준입니다."

"으으……."

왕원은 머리를 부여잡았다.

자신의 삶이 이렇게 끝나다니.

'지금이라도 가서 살려 달라고 할까?'

그 생각을 하던 그는 고개를 흔들었다.

당에서 다 알고 있을 정도면 가서 살려 달라고 해 봐야 모
른 척할 게 뻔하다.

자칫 잘못하면 자신도 끌려갈 수 있기 때문이다.

그럼 남은 방법은 하나뿐.

"제발 나 좀 살려 주시오, 제발. 뭐든 시키는 대로 하겠소."

두 손 두 발을 들고 싹싹 비는 왕원.

분명히 노형진이 그랬다, 거래하고 싶다고.

그렇다면 자신이 살 수 있는 방법이 있다는 뜻이다.

"여기서 벌어지는 일은 모두 기밀로 해야 합니다. 가능하겠습니까?"

"당연하오. 내가 입을 열 리가 있겠소?"

말하는 순간 자신의 목이 날아가는데 말할 리 없다.

그리고 그건 노형진도 알고 있다.

"좋습니다."

노형진은 미소를 지었다.

"어제도 말씀드렸다시피 버신 돈을 한국에 있는 중국인들을 위해서 투자하는 겁니다. 정확하게는, 한국에 다수의 중국인 인권 단체를 만드는 거죠."

"인권 단체?"

"네."

노형진의 방식은 복잡하기는 하지만 효과적이었다.

일단 그렇게 다수의 중국인 인권 단체를 만들고 난 후, 그들을 이용해서 팔각수를 비롯한 대기업들을 공격한다.

그리고 그들을 이용해서 중국인들의 인건비를 올리는 것

이다.

인건비뿐만 아니라 손해배상이나 기타 여러 가지 차별적 요소를 고치게 만드는 것.

'그렇게 되면 중국인을 쓰는 경우는 확실하게 줄어든다.'

사람이 부족해서 어쩔 수 없이 써야 하는 상황이면 몰라도, 한국인들보다 말이 많아질 수밖에 없으니 인권 단체에서 게거품을 달려들어서 착취하기도 어려운 중국인들을 쓰려고 하는 기업은 없어질 것이다.

당연히 한국인들의 고용은 늘어날 것이고.

"그러면 난?"

하지만 그것만 가지고 왕원의 부패를 덮을 수는 없다.

물론 정상참작은 될 수 있다.

그러나 고작 정상참작 정도만 믿고 있을 수는 없는 것이 왕원의 마음이었다.

"그 부분에 대해서는 이미 방법을 생각해 놨습니다."

"방법?"

"네."

노형진은 그의 귀에 대고 뭐라고 조용히 말했다.

그 말을 들은 왕원은 얼굴이 환해졌다.

"그…… 그 정도면……."

어쩌면 그 정도 건수면 목숨을 지킬 수 있을지도 모른다.

아니, 운이 좋다면 자신의 자리를 지킬 수 있을지도 모른다.

"하겠습니다!"

"잘 생각하셨습니다."

노형진은 그를 일으켜 세우면서 등을 두들겼다.

"우리는 이제 한배를 탄 겁니다, 하하하."

⚖

"이야기는 잘된 거야?"

"그래. 그쪽에서는 바로 움직일 거야."

노형진은 돌아가는 비행기에서 손채림에게 이번 사건의 처리에 대해서 말하고 있었다.

"넌 어때? 사람들 좀 만났어?"

"적당한 건물도 찾았고, 구입도 마쳤어."

"그렇단 말이지? 후후후."

노형진은 씩 웃었다.

노형진이 손채림을 데려다가 다른 일을 시킨 것은 중국의 특성에 기인해서 벌어지는 일 때문이었다.

"그런데 그 얼나이라는 게 엄청난가 봐?"

"엄청난 정도가 아니지. 중국의 명품 시장은 얼나이가 움직인다는 말이 있을 정도야."

"허어?"

얼나이.

정확하게 번역하면 '두 번째 가슴'이라는 뜻이지만 사회적 의미는 첩이라고 보면 된다.

"그러면 네가 사라고 한 그 건물은 무슨 관계가 있는데?"

"그 주변에 있는 빌딩들과 오피스텔들에는 얼나이들이 많이 살아. 얼나이 집성촌이라고 보면 되지. 그렇다면 그곳에서 도는 돈이 얼마일 것 같아?"

몇억? 몇십억?

아니, 몇백억 단위다.

"그리고 그곳에서는 중국의 모든 정보가 넘쳐 나지."

또한 중국 정치인들의 약점 역시 넘쳐 난다.

"이번에는 운이 좋았지만……."

노형진이 왕원을 기억한 것은 운이 좋아서였다.

하지만 다른 사람들을 모두 알고 있는 것은 아니다.

"중국의 부정한 정보는 그곳을 중심으로 모일 거야."

정보 팀이 그곳에서 자리 잡고 얼나이들과 친하게 지내면 그들에게 접근할 수 있는 기회도 있다.

"그리고 얼나이라고 해서 영원한 건 아니거든."

"응? 아니라고?"

"그래, 첩이라고 표현하기는 하지만 사실 첩하고는 좀 달라. 음…… 감정적 교류도 없고. 아니, 첩이라고 하면 샤오산이 더 맞는 걸지도."

"차이가 뭔데?"

"감정의 차이."

얼나이는 오로지 돈만 보고 상대를 만난다.

서로에게 감정도 없으며 남자는 여자의 육체를, 여자는 남자의 돈을 요구한다.

그러니 첩보다는 장기 조건 만남이라고 보는 게 맞을 것이다.

"하지만 샤오산은 좀 다르지."

그들은 감정을 가지고 만난다.

그래서 첩이라는 표현을 쓰자면 아마도 샤오산이 더 맞는 경우일 것이다.

"반대로 말하면, 얼나이도 질려 버리면 버려진다는 거야."

길어 봐야 3년.

시간이 지나면 더 예쁘고 더 어린 얼나이들이 나온다.

대학 졸업 시즌이 되면 얼나이 소개 사이트에 미친 듯이 가입한다고 할 정도니까.

"결국 버려지는 거지."

그들을 설득해서 내부에 카메라나 녹음기 같은 걸 설치할 수 있다면 자신들은 중국 정치계의 엄청난 약점을 쥘 수 있는 있는 셈이 된다.

"허어."

노형진의 계획에 손채림은 기가 막혔다.

"장기적으로 보면 손해 보는 건 아니야."

중국의 권력자들은 얼나이에게 투자 정보를 흘리는 경우도 많고, 그들을 대리인으로 내세워서 거래하는 경우도 많다.

그것만으로도 엄청난 돈을 벌 수 있다.

"얼나이를 장기적으로 통제하는 것은 결코 손해 보는 일이 아니지."

"도대체 규모가 어느 정도이기에……."

"상하이 같은 경우는 얼나이 때문에 이혼이 늘어나서 집값이 오른다고 할 정도니까."

"미쳤네."

"지금의 중국이 그래."

공산주의를 표방하면서도 자본주의에 물들었다.

그래서 돈을 어떻게 쓰는지도, 어떻게 버는지도 신경 쓰지 않는다.

돈 하나면 된다는 생각에 개처럼 돈을 벌고 그 뒤는 생각하지 않는다.

"한국과 비슷하지."

다른 점이 있다면, 그런 게 걸리면 모가지가 날아간다는 것.

그냥 사회적인 표현이 아니다. 진짜로 총살이다.

"어쨌든 우리가 손해 볼 건 없으니까."

노형진은 싱긋 웃었다.

정치인의 약점을 잡아 두는 것은 손해 볼 게 없는 행동이다.

어차피 이번 사건에서도 그들의 도움이 필요하니까.

"과연 대한민국 정부는 이 사태를 어떻게 해결할지 두고보자고, 후후후."

⚖

노형진이 한국에 온 바로 다음 날부터 왕원의 무차별적인 투자가 이루어졌다.

그는 한국에서 고통받는 중국인 동포들을 위해서 한국 내 중국인 인권 단체에 힘을 실어 주겠다고 대놓고 떠들었고, 그 힘은 어마어마한 돈을 이용하는 것이었다.

"도대체 왜 월급이 적지요?"

"그거야……."

진땀을 흘리는 팔각수의 직원.

인권 단체에서 어째서 중국인의 월급이 한국인보다 적은 건지 따지기 시작하자 할 말이 없었던 것이다.

"아무래도 중국은 한국보다 물가가 싸니까요……."

"지금 이들이 일하는 곳이 한국이지 중국인가요?"

"한국이지요, 하하하."

머슥하게 웃는 남자.

그러니 더 할 말이 없었다.

"그러면 이건 외국인 차별 아닌가요? 중국인에게는 한국인보다 돈을 덜 주다니, 명백하게 외국인 차별입니다."

"외국인 차별이라기보다는……."

그렇지만 실제로 돈을 조금 준 것은 사실이다.

정부에서는 동일한 임금을 준다고 우기고 있지만 사실 외국인 노동자들에게도 최저임금을 적용하고 있다는 뜻이지, 그들에게 한국인과 동일한 돈을 주고 있다는 뜻은 아니었다.

"이는 명백한 외국인 차별입니다. 이 부분에 대해서 당장 소송하겠습니다. 그리고 유엔에 제소할 거예요!"

중국 인권 단체 대표가 한참 떠들고 나자 팔각수의 직원은 머리를 부여잡았다.

"아, 씨발……. 어쩌라는 거야."

얼마 전까지만 해도 중국인이 한국인보다 싸니까 한국인 다 자르고 중국인 쓰라는 오더가 본사에서 내려왔다.

그런데 그들이 한꺼번에 치고 들어오자 정신이 아득해지는 기분이었다.

"도대체 몇 번째야?"

"스무 군데가 넘어요."

"아니, 씨발! 장난해? 한국에 왜 이렇게 중국인 인권 단체가 많은 거야?"

"중국에 있는 갑부가 지원한다고 하니까 너도나도 달려드
는 거지요."

"끄응……."

인권은 누구에게나 평등하다.

하지만 인권 단체도, 운영하기 위해서는 돈이 필요하다.

그런데 중국인 인권을 챙겨 주면 억 단위의 지원금이 나온
다고 하니 너도나도 물고 늘어지기 시작한 것이다.

그런 게 한두 곳도 아니니 팔각수 입장에서는 돌아 버릴
지경이었다.

"당장 본사에 어떻게 해야 하느냐고 물어봐."

"그건 몇 번째 하는 말이잖아요?"

그러나 본사의 말은 간단했다.

무시해라.

어차피 인권 운동가들은 힘이 없다.

"이러다 일이 커질 것 같은데……."

본사의 지침도 완전히 틀린 말은 아니다.

하지만 직원은 일이 이 정도에서 끝나지 않을 거라는 생각
을 하지 않을 수가 없었다.

"친애하는 시민운동가 여러분, 반갑습니다."

노형진은 시민운동가들과 만나고 있었다.

그들은 하나같이 노형진의 계획대로 움직이고 있었다.

'아주 정신이 아득하겠지? 후후후.'

애초에 기업들이 인권 단체의 말을 들었다면 인권이 이렇게 시궁창에 처박힐 리 없다.

과거에 인권이 얼마나 개판이었느냐면, 통조림을 만드는 공장에서 사람이 분쇄기에 빨려 들어가도 기계를 멈추지 않고 계속 통조림을 만들 지경이었다.

아주 당연하게도 기업들은 인권 단체의 말을 안 들었다.

"저들에게 갔다 오셨다고 들었습니다. 하지만 말을 들을 리 없지요?"

다들 고개를 끄덕거렸다.

"뭐, 무시받는 거야 하도 익숙하니까요."

"소송은 생각해 보셨습니까?"

"생각해 봤지요. 하지만 대부분 진다고 하더군요."

그럴 수밖에 없다.

차별이라고 해도 최저임금보다는 많이 주고 있고, 애초에 그 최저 가격에 일하겠다고 계약한 거니까.

"현행법상 불법은 아니지요."

노형진도 안다는 듯 고개를 끄덕거렸다.

"하지만 이제부터는 상황이 달라집니다."

"에?"

"이 사실을 중국 노동자들에게 알리는 것이 당연하다고 생각하지 않습니까?"

"중국 노동자들에게 알려요?"

"네. 그래야 같은 실수를 하지 않지요. 여태까지 입은 피해를 무시하면서 지금처럼 노예로 일하라고 하는 건 상당한 문제가 됩니다."

"음······."

"어떻게 하시겠습니까?"

"하지만······."

"인권 운동은 자신이 차별받는다는 것을 알게 되는 데서부터 시작됩니다."

노형진이 말하자 다들 고개를 끄덕거렸다.

자신이 차별받는 것을 모른다면 그들의 인권은 절대로 나아지지 않는다.

"그러니까 그들에게 잘 설명하세요. 어차피 제대로 된 실적을 보이지 않으면 지원금도 없잖습니까?"

다들 입맛을 다셨다.

중국에서 거액의 지원금이 들어온다고 하지만 그건 어디까지나 실적이 보이는 곳에만 해당되는 이야기다.

최소한 뭐든 보여 줘야 지원금을 받을 수 있다.

"인권 신장을 위한 설득은 불법이 아니지요."

"네."

다들 그런 노형진의 말에 고개를 끄덕거렸다.

그리고 그들이 그렇게 설득당하고 있을 때쯤, 무태식은 다른 사람들을 만나고 있었다.

"이번 일은 조용히 처리해야 합니다."

"그럼요."

허름한 옷을 입은 남자들.

그들은 건설 현장에서 몰래 뽑아 온 중국인 노동자들이었다.

"당신들이 할 일은 간단합니다. 항의. 왜 한국인보다 월급이 적냐고 따지는 겁니다."

"그거면 됩니까?"

"네. 그리고 한 이틀 정도 더 일한 다음에 파업하세요."

"파업요?"

"네."

"하지만……."

"여기는 한국입니다. 명백한 차별에 의한 파업은 불법이 아닙니다."

중국에서 파업하면 공안에 나 때려잡아 달라고 하는 것이나 다름없다.

그런데 한국에서는 파업이 불법이 아니라고?

"여러분들은 명백하게 차별받고 있습니다. 이대로 두면 아마도 계속 노예 취급당하겠지요."

다들 얼굴에 분노가 어렸다.

"그러니까 처음에는 일단 항의하세요. 하지만 항의가 통하지 않는다면 방법은 하나뿐입니다."

다들 고개를 끄덕거렸다. 그리고 흩어졌다.

하지만 그들은 맨손으로 간 게 아니었다. 소정의 금액이 들어 있는 봉투가 저마다 손에 들려 있었다.

그들이 제대로 일한다면 그것보다 훨씬 더 많은 돈이 들어 있는 봉투가 그들에게 안겨질 것이다.

"파업할까요?"

"분명히 할 겁니다."

무태식은 확신하고 있었다.

노형진이 짠 작전이 실패하지 않는 것도 있지만, 그가 아는 중국인들의 특성도 있기 때문이다.

"중국인들은 자존심이 무척이나 강하거든요."

중국인의 자존심은 한국인들이 생각하는 것보다 강하다.

어떤 면에서는 한국인보다 자존심이 강한 게 바로 중국인들이다.

"한국인은 중국인을 무시합니다. 못산다고요. 하지만 반대로 중국인들은 한국인을 무시하지요. 자기네 같은 대국이 아니라고 생각하거든요."

그가 아는 중국인들이 그랬다, 자신들은 대국의 국민이라고.

이처럼 이들은 가장 강한 나라의 사람이라고 생각한다.

그래서 가난 때문에 한국에 와서 돈을 벌지만, 자존심은 버리지 않으려고 한다.

물론 대부분의 경우 그 자존심이라는 것이 엉뚱하게 발현되는 경우가 많으니까 문제지만.

"보통은 별말 없이 생활하지만 그렇게 자존심을 가지고 부딪치게 되면 중국인들은 극단적 성향을 드러내는 것을 두려워하지 않습니다. 특히나 자신들이 숫자가 많을 때는요."

"음……."

중국인들과 그리 접해 보지 않은 손채림은 무태식의 말이 이해가 가지 않았다.

고작 그걸 가지고 파업하겠느냐는 것이다.

"합니다, 확실히."

자존심을 건드리는 순간, 그들은 파업을 선택한다.

그리고 그들의 선택은 아주 극단적으로 치달을 수밖에 없으리라.

"아직 한국 사람들은 중국이 왜 무서운지 몰라요, 후후후."

아마 이번 일이 끝나면 중국 노동자를 고용하는 것에 대해서 고민 좀 많이 하게 될 것이다.

⚖️

"이게 무슨……."

팔각수의 현장 소장은 창백한 얼굴로 입구를 보고 있었다.

중국인들이 한국인들과 동일한 임금을 요구하고 있다고 몇 번 보고했지만 본사에서 돌아온 말은 무시하라는 것뿐이었다.

그런데 오늘 출근해 보니 이건 상상을 초월하는 분위기였다.

"지금 뭐 하는 짓들이야!"

"우리는 파업합니다."

입구는 시멘트 포대를 켜켜이 쌓아서 차가 들어가지 못하게 하고 그 뒤로 각목을 들고 지키고 있는 중국인들을 보면서, 그는 얼굴이 새하얗게 질렸다.

"뭐? 파업?"

"그렇습니다. 우리를 그렇게 싸구려 노예 취급하면 후회하게 될 거라고 말했을 텐데요?"

입구를 막고 있는 중국인들.

그들의 분위기는 심상치 않았다.

현장 소장은 당황했지만 그렇다고 그냥 있을 수는 없었다.

"당장 저 새끼들 내보내!"

"소장님, 그러면 일할 사람이……."

"이런 싯팔……."

대부분 중국인 노동자로 대치되었기 때문에 저들을 내보
내면 당장 일을 할 수가 없다.

그렇다고 이대로 그냥 두면 자신의 목도 날아간다.

'아오, 무시하면 제풀에 지칠 거라고? 미치겠네.'

지금까지 중국인들이 한꺼번에 파업한 경우는 없었다.

아무래도 해외에 나와 있는 노동 인력이라 그렇게 뭉치는
게 쉽지 않았기 때문이다.

그러나 한번 뭉치기 시작하자 이건 도무지 답이 없었다.

"소장님! 헉헉헉!"

"또 뭔데?"

당장 어떻게 해야 하나 고민하는 현장 소장에게 한 사람이
다급하게 다가왔다.

"아까부터 전화를 받지 않으셔서……."

"어디 들어가든가 해야 전화를 받지!"

하필이면 내부 사무실에 휴대폰을 놓고 와서 전화도 못 받
고 있는 판국이다.

"여기도 당했군요."

"여기도 당해? 그게 무슨 소리야?"

"다른 곳도 당했습니다."

"설마?"

"다른 단지도 파업했습니다. 저 새끼들, 제대로 작심한 것 같습니다."

현장 소장의 얼굴이 시뻘겋게 변했다.

그리고 결국 언성이 높아졌다.

"당장 저 새끼들 끌어내!"

파업하는 게 중요한 게 아니다. 일단 저들을 끌어내야 뭐든 할 수 있다.

그렇기 때문에 그는 일단 파업하는 사람들을 끌어내려고 했다.

하지만 그럴 수가 없었다.

"어디 들어와 봐!"

순식간에 분위기가 살벌해졌다.

각목을 꽉 잡으면서 거품을 무는 중국인 노동자들.

몇몇은 아예 싸울 각오를 하고 각목에다가 못을 거꾸로 박아 두기까지 했다.

"이런 미친……."

얼굴이 시뻘건 색으로 변한 소장은 이를 빠드득 갈았다.

하지만 이미 기세는 넘어갔다는 걸 느낄 수밖에 없었다.

저쪽은 수백 명인 데 반해서 이쪽은 수십 명밖에 되지 않는다.

더군다나 저쪽은 완전무장하고 있었는 데 비해 이쪽은 무장을 하지 않았다.

"이런 염병할⋯⋯."

그는 자신의 말에도 움직이지 않는 사람들을 보면서 소리를 버럭 질렀다.

"경찰에 전화해, 이 새끼들아!"

⚖

중국인 노동자들의 집단 파업 사태.

이건 역사에는 없었던 일이다.

그러나 노형진이 프락치를 심고 인권 운동가들이 파업을 해서라도 권력을 찾으라고 하자 그들이 파업한 것이다.

그러나 그들이 생각하지 못한 것이 있었다.

바로 중국인들의 특성.

중국인들은 생각보다 자존심이 강하며, 욕심은 그보다 더 과하다는 것을.

─중국인 노동자들의 파업으로 인해서 각 재건축 및 재개발 지역의 공사가 중지된 상태이며⋯⋯.

─중국인들은 한국인과 동일한 근무 조건을 요구하면서⋯⋯.

뉴스에서는 너도나도 이 초유의 사태에 대해서 떠들고 있었다.

그걸 본 노형진은 빙긋 미소를 지었다.

"떡밥을 물었네요."

"그래도 생각보다 극렬하군."

"그럴 수밖에요."

송정한의 우려에 노형진은 고개를 끄덕거렸다.

이미 예상했던 일이다.

"저들의 입장에서는 억울할 테니까요. 뭐, 일정 부분 억울한 것도 사실이고."

"그래도 몇몇은 폭력적으로 변질되는 양상까지 보이던데?"

"그건 어쩔 수 없습니다. 그들은 자유를 겪어 본 적이 없으니까요."

"응?"

"자유와 방종의 차이를 아십니까?"

"자유와 방종의 차이?"

"네, 지금 저들은 방종의 상황이지요."

자유가 책임을 다하면서 누릴 것을 누리는 것이라면, 방종은 그 책임도 지지 않고 자신이 하고 싶은 것만 하는 것이다.

"중국인들은 제대로 된 자유라는 것을 겪어 본 적이 없습니다."

중국은 소문난 인권 탄압국으로, 공안에 걸리면 인간 취급받기는커녕 맞지나 않으면 다행이다.

중국인들이 바로 옆에서 살인이나 강간이 벌어져도 모른 척하는 이유 중 하나가 바로 공안 때문이다.

신고하는 순간 그를 범인으로 특정해서 끌고 가 버리는 식으로 사건을 쉽게 해결하려고 하기 때문이다.

"그래서 그동안은 찍소리도 못 하고 살았습니다. 하지만 한국에서는 아니지요. 경찰이 그럴 수도 없고, 특히 지금처럼 몇십만 단위의 파업이면 정부에서도 손쓰는 게 쉽지 않아요."

"오호라…… 그러니까 무서운 게 없어졌다?"

"그렇지요."

처음에는 두려움에 떨었을지 모른다.

하지만 경찰이 자신들을 어쩌지 못한다는 사실을 알게 되자 소위 말하는 '미쳐 날뛰는' 상태가 되어 버린 것이다.

자유를 겪어 본 적이 없으니 한계를 모르기 때문이다.

"아마 건설 업체들은 피가 바짝바짝 마를 겁니다."

건설 업체는 하루 쉬면 적자가 수억씩 늘어난다.

그래서 비가 오면 가급적 실내 공사라도 한다.

그런데 지금 대한민국의 대부분 신도시나 재건축 쪽은 중국인들의 파업으로 인해서 엄청난 손실을 보고 있다.

"지금쯤이면 인건비를 주지 않아서 번 돈을 모조리 까먹고도 남았을걸요."

"그렇겠지."

한국인은 파업해도 저 정도는 아니다.

최소한 자기가 파업해도 다른 업무를 막지는 않는다.

업무방해로 처벌의 대상이 되기 때문이다.

"하지만 그런 것에 대한 정보가 없으니."

중국인들은 접근하는 사람들을 무조건 협박하고 각목과 쇠 파이프를 휘두르고 있다. 한계가 어떤 건지 모르니까.

"하지만 경찰도 그냥 두고 보지는 않을 텐데?"

워낙 숫자가 많고 그들의 국적이 중국이라 손을 대기 껄끄러워서 그렇지, 그들이 그렇게 방종하는데 경찰이 1년이고 2년이고 그냥 두고 볼 리 없다.

결국 병력을 투입해서 해산시키려고 할 것이다.

파업도 아니고 명백한 업무방해니까.

"아마 상당수는 추방되겠지요."

"오호."

노형진의 말에 송정한은 혀를 내둘렀다.

"브레이크가 없는 인권이다 이건가?"

"네."

저들에게는 브레이크가 없다.

그러니 한계를 넘었고, 한계를 넘은 인권은 심각한 사회문제를 일으킨다.

"인권 타령하다가 군인보다 교도소 밥이 더 좋은 개 같은 상황이 되는 거죠."

일단 이렇게 대대적인 파업이 이루어졌으니 기업들이 바라보는 중국인의 이미지가 안 좋아질 수밖에 없다.

더군다나 저들은 한번 파업해서 과실을 따먹었으니 계속해서 같은 짓을 하려고 할 것이다.

"한국인과는 상황이 다르니까요."

대부분의 사람들은 한국에 거주하면서 회사에 다닌다.

그래서 회사가 망할 정도까지는 욕심을 내지 않는다.

회사가 망하면 여러 가지로 불편해지기 때문이다.

하지만 저들은 아니다.

이들이 망하면 다른 곳에 가면 되니까.

"아마도 지금이야 한국인들과 같은 수준의 요구를 하겠지만 앞으로는 점점 더 심한 요구를 할지도 모르지요."

"설마!"

'과연 설마일까요, 후후후.'

노형진은 속으로 그저 웃고 말았다.

인간의 욕심은 끝이 없다.

그리고 중국인의 욕심은 누구보다 많다고 소문이 나 있다.

"거기에다 이번 사태로 상당수 중국인들이 추방된다면……."

"우리의 1차 임무는 끝입니다."

파업하면서 깽판을 쳤다곤 해도 저들은 일용직이다.

사실 파업해도 의미가 없는 사람들이기는 하다.

저들 대신 다른 사람을 뽑으면 그만이니까.

'그걸 알기 때문에 저들이 저렇게 극단적으로 나오는 거지.'

자신들의 숫자가 많으니 다른 사람을 뽑아서 공사하지 못하게 하려고 저러는 것이 뻔하다.

"이쯤에서 두 번째 폭탄을 터트려 볼까 합니다."

"두 번째 폭탄?"

"원래 이 나라가 정치적인 면에서는 좀 겁을 먹지 않습니까?"

노형진은 뭔가를 꺼내서 송정한에게 내밀었다.

그걸 받아 든 송정한은 쭈욱 읽어 보았다. 그리고 얼굴이 사색이 되었다.

"이건 설마……."

"설마가 아니라 제법 큰 폭탄 아닙니까?"

"큰 폭탄?"

송정한은 얼굴이 핼쑥해졌다.

"이건 핵폭탄인데?"

"아마 지금쯤 터지고 있을 겁니다, 후후후."

⚖

왕원은 중국공산당 회의에 출석해 있었다.

오늘따라 그는 목이 바짝바짝 말랐다.

'오늘이 기점이다…….'

주변에 알아본 결과, 자신에 대한 조사가 시작된 것은 사실이었다.

사실 부패한 사람은 자신만 있는 게 아니다.

그럼에도 불구하고 자신에 대한 조사가 시작되었다는 것은, 자신이 당의 마음에 안 든다는 것.

그걸 바꾸는 방법은 당에 강한 이미지를 심어 주거나 또는 상당한 이득을 주는 것이다.

돈? 어차피 자기보다 돈 많은 사람들이 수두룩하다.

권력? 핵심 당원에 비하면 자신의 권력은 그저 새 발의 피.

그러니 오늘 들고 있는 카드가 유일한 생명 줄이다.

"친애하는 당원 여러분."

그는 단상에서 심각한 표정으로 말을 꺼냈다.

그러자 몇몇은 불쌍하다는 표정으로, 몇몇은 의아하다는 표정으로 왕원을 바라보았다.

아마도 불쌍하게 바라보는 저들은 자신에 대한 조사가 진행 중인 걸 알고 있으리라.

"저는 지금 한국에서 벌어지는 우리 인민들에 대한 심각한 인권침해에 대해서 이야기하고자 합니다."

피식 웃는 몇몇 사람들.

'큭.'

안다, 자신이 요 근래에 중국인의 인권에 대해서 이야기한 것이 저들에게 큰 감명을 주지 못했다는 것을.

아마도 자신의 목숨을 부지하는 데에는 많이 부족할 것이다.

'하지만······.'

왕원은 입술을 깨물었다.

이거라면 자신의 목숨뿐만 아니라 자리도 보전할 수 있다.

"왕원 동지, 동지가 요 근래 인민들을 위해서 노력하고 있는 건 알고 있습니다. 그래서 한국의 인권 단체를 지원한 것도 알고 있고요."

누군가 퉁명한 어조로 말을 받았다.

"잘하기는 했습니다만······."

사실 그는 그렇게 말하면서도 불만으로 가득했다.

왜냐하면 한국에서 자유와 인권을 알게 된 중국인은 중국에서도 똑같은 걸 요구하기 때문이다.

그런 자는 결국 반동분자가 되어 사회를 어지럽힐 수도 있다.

그건 양날의 칼이다.

'이 정도는 예상했다.'

노형진 역시 그 부분은 예상했다. 그러나 방치했다.

왜냐하면 그렇게 한국에서 자유와 인권을 배워 간 사람은 절대로 중국 바깥으로 나오지 못하기 때문이다.

게다가 중국에서 내보내 주지도 않는다.

중국은 북한과 마찬가지로 공산국가.

그런 사람들은 철저한 감시 대상이다.

그리고 어차피 빼앗긴 일자리를 되찾는 게 목적이라면 다시 한국에 들어오는 사람이 적어야 유리하다.

그러니 왕원이 한 행동은 좋게 보일 수도 있고 나쁘게 보일 수도 있다.

"저는 인권의 문제가 아니라, 우리 대중국의 자존심 문제에 대해서 말하고자 하는 겁니다."

"중국의 자존심?"

"그렇습니다. 얼마 전에 일본의 구인 발표 보셨습니까?"

"구인?"

다들 어리둥절했다.

"여기에 그 발표 내용이 있습니다."

내용은 간단했다.

발전소 주변의 청소 및 시설 정리.

하루 세 시간 근무이며, 휴일은 날짜의 달력에 따라서.

그리고 임금은 시간당 1만 엔이며 하루에 3만 엔.

그러니까 한국 돈으로 하루에 30만 원인 셈이다.

사람들이 그 구인 광고에 쓴 댓글은 '미쳤다.'였다.

방사능 지역에 가서 청소하라는 건 가서 죽으라는 소리나

마찬가지니까.

"그런데요?"

"그런데 한국 일부 기업이 우리 중국 인민들을 고작 하루에 6만 원을 주면서 방사능 처리에 동원하고 있습니다."

몇몇 당의원들의 눈썹이 꿈틀거렸다.

"그게 무슨 소리입니까?"

"말 그대로입니다. 몇몇 기업이 우리 인민들을 방사능 작업에 안전 장구 지급도 없이 무작정 투입하고 있다는 뜻입니다. 그것도 터무니없이 적은 돈을 주면서요."

"안전 장구도 없이?"

"네."

방금 전까지만 해도 시큰둥하던 당 의원들의 표정이 심각하게 변했다.

그건 절대로 그냥 넘어갈 수 있는 일이 아니다.

"자세하게 말해 보세요."

"얼마 전에 터진 한국의 방사능 자재 사건을 아실 겁니다."

몇몇이 고개를 끄덕거렸다.

돈독이 오른 몇몇 기업들이 일본에서 수입한 폐자재를 이용하여 아파트나 건물을 올렸는데, 그 안에서 방사능이 검출된 것이다.

심지어 강에 만든 보에서까지 방사능이 검출되어서 나라

가 발칵 뒤집혔다.

"그런데요?"

"그러한 곳을 그냥 둘 수 없는 노릇이니 해체해야 합니다. 그런데 정보에 따르면 그런 곳에 중국인들을 무차별적으로 투입하고 있다고 합니다. 그것도 고작 하루 6만 원을 주고요."

물론 방사능 농도는 후쿠시마보다 훨씬 낮다.

하지만 방사능 피폭 지역이고, 철거를 위해서는 막대한 오염 방지 시설과 방사능 차폐복이 필요하다.

"이게 현지에 있는 정보원이 보내 준 동영상입니다."

동영상을 틀자 한 무리의 사람들이 일하는 곳이 보였다.

그들은 땀을 뻘뻘 흘리면서 건물을 철거하는 중이었는데, 그 주변에서 엄청난 먼지가 비산하고 있었다.

"저들은 대부분 중국 노동자들입니다."

카메라로 촬영하던 남자는 뭔가를 들고 그쪽으로 다가갔다.

다름 아닌 방사능측정기.

그런데 그쪽으로 다가갈수록 점점 수치가 올라가고 있었다.

어느 정도까지 다가가자 방벽에 막혀서 접근이 불가능해졌지만, 이미 수치는 상당한 수준까지 올라가 있었다.

"이는 명백히 우리를 무시하는 행동입니다."

인권에 대해서 따지는 것으로는 당의 눈에 들지 못한다.

하지만 정치적으로 유리한 자리를 잡을 수 있는 사건을 당에 바치면 자신은 살 수 있다.

그리고 이건 명백하게 그런 사건이었다.

"심지어 한국에서는 이러한 문제로 항의하면서 파업한 우리 인민들을 경찰을 투입해 진압하려 하고 있습니다."

"그 말이 사실입니까?"

"그렇습니다, 동지."

"당장 한국에 항의해야 합니다!"

"지금 우리를 뭘로 보고!"

"이에 대한 전면적인 조사가 필요합니다!"

거품을 무는 당원들을 보면서 왕원은 알 수 있었다.

'난 살았다.'

⚖️

"이게 말이나 됩니까! 당신들이 하는 짓거리는 과거 일본이 731 부대에서 한 짓거리랑 다른 게 없지 않습니까!"

외교부 장관은 중국 장관의 내방을 받고는 당혹감에 땀을 뻘뻘 흘렸다.

"아니, 우리는 그런 건 잘 몰라서……. 그럴 리가요."

"그럴 리 없다고 생각하십니까? 이미 조사가 다 끝났어요!

철거 작업을 할 때부터 우리 인민들을 투입했더군요!"

"그건……."

아 다르고 어 다른 게 정치다.

원래는 기업에서 인건비를 깎기 위해서 고용한 것이지만, 중국이 봤을 때는 방사능 물질을 제거하는 데 한국 국민을 투입하기가 꺼림칙하니 자국민을 고용한 것처럼 보였다.

"아닙니다. 절대로 그런 게 아닙니다!"

양손을 절레절레 흔드는 외교부 장관.

하지만 이미 카드가 중국으로 넘어갔다는 건 너무나 확실했다.

"이 건에 대해서 유엔에 제소하겠습니다."

"허억!"

"그리고 당장 배상하지 않으면 쓴맛을 보게 될 겁니다."

크게 분노하면서 나가는 중국 대사의 뒷모습을 망연히 바라보던 외교부 장관은 한숨을 쉬었다.

"도대체 일이 어떻게 된 거야?"

중국의 심각한 항의를 받고 부랴부랴 사실을 확인하기 시작했는데 중국의 말이 맞았다.

실제로 중국인 노동자들이 건물 철거에 동원되었다.

그것도 일상복 차림으로, 방사능 관련 방호복도 없이.

"이 새끼들은 일을 뭐 이딴 식으로 처리해!"

안 그래도 주변이 시끄러워 죽겠는데 기업들 때문에 중국과의 외교 관계가 꼬이게 되자 그는 돌아 버릴 지경이었다.

"당장 회의를 소집하고 각하에게 보고해야겠습니다."

도대체 이 상황을 어떻게 해결해야 할지, 그는 눈앞이 캄캄했다.

"우와!"

손채림은 단 며칠 사이에 변한 공사 현장을 보면서 혀를 내둘렀다.

하얀색의 3급 방사능 차폐복을 입은 사람들이 건물 안으로 들어가고, 건물은 아예 거대한 천으로 둘러싸여 있었다.

"팔각수가 받을 타격이 장난 아니겠는데?"

"그렇겠지, 후후후."

좀 떨어진 곳에서 그곳을 보면서 노형진은 싱긋 웃었다.

이번 사건으로 인해 건설 업체들이 받은 타격은 엄청났다. 정부도 곤혹스러운 처지가 되었고 말이다.

하지만 자기 잘못이 명백한 상황에서 중국에 싸움을 걸 수는 없으니 조용히 배상하는 것 외에는 방법이 없었다.

"방사능 차폐복에 오염 방지에 근무자들에 대한 검사비에 치료비까지 물어 줘야 한다면서?"

"그렇다고 하더군."

개인도 아니고 중국 정부가 눈을 뒤집고 달려들자 한국 정부는 꼬리를 말 수밖에 없었다.

그들의 말이 틀린 것도 아니었기 때문이다.

"대부분 중국인인 건 어쩔 수가 없네."

"한국인들이 하려고 하겠냐?"

일당도 어마어마하게 올랐다.

하지만 찝찝했던 한국 사람들은 하려고 하지 않았다.

그에 반해서 중국 사람들 중 상당수는 그 일당에 혹해서 자원했다.

여기서 1년 일하면 다른 곳에서 몇 년 모으는 것보다 더 많은 돈을 모으기 때문이다.

"그나저나 이번 사건으로 대기업들의 손해가 적지 않겠어."

"애초에 꼼수를 쓴 건 그들이야."

돈 아끼려고 일본산 물건을 쓴 것도 그들이고, 한국 노동자를 다 자르고 중국 노동자를 쓴 것도 그들이다.

"그리고 애초에 철거 작업을 할 때 이러한 오염 방지 시설을 하고 방사능 차폐복을 지급해야 했어."

하지만 그 돈이 아까워서 모른 척한 것도 그들이다.

"그대로 됐다면 어떤 일이 벌어졌을지, 뻔하잖아?"

이곳에서 일했던 많은 사람들이 방사능에 피폭될 것이다.

아무리 낮은 수치로 피폭되는 거라고 해도 그들은 알지 못

하니 치료하지 않았을 테고, 결국 암이나 백혈병 등 심각한 질환으로 사망했을 것이다.

"더군다나 여기서 나온 먼지는?"

다른 공사 현장이나 주변의 다른 집으로 가서 문제를 일으켰을 게 뻔하다.

"돈만 보는 새끼들이 자초한 거지."

"응징 참 끝내주네."

몇몇 기업들이 그걸 다 하면 우리는 죽는다고 징징거렸지만 중국에서 제소까지 들고 나오자 어찌할 도리가 없었다.

"그런데 이제 저들이 중국인은 안 쓸까?"

"안 쓸 수는 없지."

현실적으로 3D 업종에 사람이 부족한 건 현실이다.

"하지만 최소한 한국 사람을 써야 하는 데에 중국 사람을 쓰면서 인건비 따먹는 건 못 하겠지."

이렇게 대판 난리가 났으니 임금을 차별적으로 주지는 못할 것이다.

더군다나 외국인이라는 특성상 일이 커지면 더 복잡해진다는 것도 알았으니 가능하면 한국인을 쓰려고 할 것이다.

그리고 자연스럽게 정당한 노동의 대가를 줄 테고.

"방사능 피폭으로 인한 질병도 막고 말이지."

노형진은 그렇게 말하면서 차를 돌렸다.

"다만 정부가 당분간은 곤혹스럽겠지만."

하지만 노형진은 알 바 아니라고 생각했다.

애초에 제대로 일도 못 한 정부의 책임이니까.

"그 정도는 알아서 해야지, 후후후."

이것이 법이다

선택과 후회

이혼은 두 사람이 선택하고 합의해야 하는 사항이다.

만일 그 선택과 합의를 할 수 없다면 소송해서 이혼하면 된다.

일반적인 법이 그렇고 사람들이 아는 세계도 그랬다.

그러나 그리되지 못하는 경우, 일이 참 더럽게 꼬인다고 봐야 한다.

"그건 우리가 해 드릴 수 있는 게 아닌데요?"

무태식 변호사는 곤란한 듯 말했다.

"제발 제 딸을 구해 주세요. 이러다가 죽을 것 같아요, 흑 흑흑."

머리가 하얗게 세어 버린 노인이 매달려 오자 무태식 역시 그녀를 돕고 싶었다.

하지만 자신들은 변호사지, 무슨 특수작전 부대나 민간 군사 기업이 아니다.

"이런 말씀을 드리면 잔인하다고 생각하겠지만, 우리가 도와드리는 데에는 한계가 있습니다. 우리는 한국의 변호사이지 파키스탄 변호사가 아닙니다."

"하지만 소송은 해 주실 수 있잖아요."

"한국에서야 해 드릴 수 있지요. 그런데 그 이후는요? 파키스탄에 가서 한국 법원의 판결을 들이밀어 봐야 의미도 없습니다. 설사 이혼 판결을 들이민다고 해도 그 이후에는요? 어머니의 말씀이 사실이라면 명예 살인을 당할 텐데요?"

"흑흑흑."

"하아, 이런 경우에는 진짜로 우리가 해 드릴 수 있는 게 없어요."

무태식은 딱 잘라서 말했다.

"제발요! 그 노형진이라고 하는 변호사도 있다고 하던데, 그분은 뭐든 해결할 수 있다고 들었습니다! 제발 그분 소개라도……!"

"노 변호사님이 유능하기는 하지만 이건 답이 없어요."

"제발요!"

이제는 가족들이 무릎까지 꿇고 빌자 무태식은 머리를 절레절레 흔들었다.

"알겠습니다. 한번 여쭤보기는 할게요."

그러면서도 그는 그다지 기대를 하지 않았다.

"여러분도 큰 기대는 하지 마세요."

한숨을 푹 쉰 그는 자리에서 일어나서 그들을 내보냈다. 그리고 바로 인터폰으로 노형진을 호출했다.

-네, 노형진 변호사입니다.

"접니다, 무태식 변호사. 잠깐 시간 되시나요?"

-시간 됩니다만, 왜 그러시죠?

"좀 곤란한 사건이 생겨서요."

-곤란한 사건이라, 하하하. 무 변호사님이 곤란하다니, 이거 무서운데요?

"저도 무섭습니다."

그의 말에 노형진은 이게 장난이 아니라는 생각이 들었다.

무태식은 노형진의 방식을 가장 많이 이해하는 변호사다.

그런 그가 대책이 안 보인다고 할 정도라면 난이도가 높은 정도가 아니라 불가능에 가깝다는 뜻이다.

-일단 이야기해 보죠. 제가 그쪽으로 갈까요?

"아닙니다. 그쪽으로 제가 가지요."

무태식은 그렇게 말하고는 서류를 집어 들었다.

그리고 그걸 바라보다가 한숨과 함께 고개를 절레절레 흔들었다.

"이혼요?"

"네."

이혼 사건은 사건치고는 상당히 쉬운 편이다. 이기든 지든 상관없다.

더군다나 이혼 조건도 어렵지 않다. 다 필요 없으니 딸만 데리고 오란다.

"그거야 어렵지는 않을 것 같은데요?"

"그게…… 해외로 나갔습니다."

"에? 그러면 해외 변호사를 찾아야 하나요?"

"거기에 변호사가 있는지 잘 모르겠네요."

"그게 무슨 말씀이십니까, 변호사가 있는지 모르겠다니? 변호사가 없는 나라도 있답니까?"

진짜 어느 정도 문명국이라면 변호사는 당연히 있다.

그런데 이번 사건은 그게 문제였다.

어느 정도의 문명국이라면 당연히 있는 변호사이지만, 그 나라가 어느 정도의 문명국이 아닌 것이다.

"파키스탄이랍니다."

"으엑?"

노형진은 평소와 다르게 엉뚱한 소리까지 내면서 기겁했다.

이것이 법이다

그럴 수밖에 없는 게, 파키스탄은 '어느 정도의 문명국'에 들어가기에는 조금 부족했기 때문이다.

"파키스탄에 시집간 딸을 구해 달랍니다."

"아⋯⋯."

"제가 왜 머리 부여잡는지 아시겠지요?"

"쉽지 않겠군요. 거기는 이슬람 국가일 텐데요."

파키스탄은 극단적 이슬람 국가다.

당연히 여자에 대해서 우호적인 나라가 아니다.

이혼이라는 것도 절대 쉽지 않고.

"도대체 어떻게 된 겁니까?"

"여자가 속은 거죠."

사실 파키스탄에 대해서는 한국에 잘 알려지지 않았다.

정식 명칭은 파키스탄이슬람공화국.

나라 이름에 이슬람이라는 종교가 들어가 있는 것으로 충분히 알 수 있겠지만, 정치와 종교가 하나가 된 정교일치 국가이다.

인구의 97% 이상이 무슬림이며, 전 세계에서 무슬림 인구가 두 번째로 많은 곳이다.

사실 치안도 경제 사정도 안 좋은 데다 실패 국가 지수 14위로, 이라크나 짐바브웨급으로 막장 취급을 받는 곳이다.

하지만 이 모든 걸 떠나서 노형진과 무태식이 당혹스러워하는 이유는 바로 그곳의 여성 정책이다.

아니, 정책이라는 것 자체가 없다고 봐야 할 지경이다.

그런 곳이니 가서 이혼시켜서 데리고 온다는 것 자체가 쉬운 일일 수가 없다.

더군다나 파키스탄 변호사도 아니고 한국 변호사가 말이다.

"도대체 거기를 왜 갔대요?"

"도망쳤다고 하더군요."

"도망요?"

"네."

남부럽지 않게 키운 딸이 파키스탄 남자를 만났다.

한국의 부모 중 국제결혼을, 그것도 한국보다 못사는 나라인 파키스탄 사람과의 결혼을 축복해 줄 사람은 많지 않다.

그러자 딸은 돈이 될 만한 걸 모조리 팔아서 파키스탄으로 가 버렸다.

"큰 실수를 했군요."

"그렇지요."

"데리고 오려고 해 보지 않았답니까?"

"했지요. 얼마 전에 만나고 왔답니다."

깜짝 놀란 부모는 여기저기에 수소문해서 그들이 사는 집에 갔는데, 거기에는 자기 딸 말고도 아내가 두 명이나 더 있었단다.

더군다나 잠깐 만나는데도 그 가족이라는 작자들이 총을

들고 자신들을 뚫어지게 노려보고 있었다는 것.

딸은 다시 한국으로 오고 싶다고 눈물을 흘렸지만, 눈앞에서 총을 들이미는데 데리고 올 방법이 있을 리 없었다.

"이거 참, 사랑에 눈이 먼다고 하지만 그래도 조심할 건 조심해야지."

사랑에 눈이 먼 대가치고는 너무나 가혹했다.

'그러고 보니 교회 쪽에서 한창 이런 걸 가지고 이슬람을 때리기는 했지.'

물론 그것도 노형진의 입장에서 마음에 드는 건 아니다.

교회에도 극우가 있듯이 이슬람에도 극우가 있기 마련이니까.

그리고 그것만 가지고 섣불리 판단할 수는 없으니까.

'하지만 현실은 현실이란 말이지.'

어찌 되었건 교회에서 그렇게 꼬투리를 잡고 공격한다는 것 자체가 실제로 그런 일들이 상당수 존재한다는 진실을 기반으로 하고 있다.

아무리 교회라고 해도 사실을 확대해석할 수는 있을지언정 없는 사실을 만들 수는 없다.

'그렇다곤 해도 이건 곤란한 문제란 말이지.'

사회적으로 낮은 비율이라고 하지만 여자들이 지옥으로 들어간다는 것은 틀린 말이 아니다.

국제결혼을 하더라도 상대방에 대해서 잘 알아보고 어떤

사람인지 충분히 조사해야 한다.

한국 사람이라고 해도 당연히 조심해야 하는데, 국제결혼은 더 조심스러울 수밖에 없다.

그런데 다짜고짜 가출이라니.

"부모님 가슴이 시커멓게 썩어 들어가겠습니다."

"당연하기는 한데…… 포기할까요?"

"파키스탄이라…… 포기하자니 좀 그렇고 안 하자니 또 그렇고……. 하다못해 다른 나라라면 안심이라도 되겠는데……."

파키스탄은 같은 이슬람 국가인 사우디아라비아조차 고개를 절레절레 흔들 정도로 극단적 이슬람 주의자들이 많다.

당연히 자신이 간다고 해서 안전이 보장되는 것도 아니다.

하나 그렇다고 포기하기도 그런 게, 어찌 되었건 자신은 변호사다.

사회적 문제도 중요하지만 개개인의 사건을 해결하는 것도 중요하다.

문제는 그게 이빨이라도 들어가야 해결할 수 있다는 것.

"갔다가 총 맞는 건 아닌지 모르겠습니다."

"그럴 수도 있지요."

파키스탄의 위치는 아프가니스탄의 바로 아래다.

아프가니스탄 하면 떠오르는 것이 바로 전쟁이다.

한국으로 예를 들면, 동네 시장에서 기관총과 소총을 파는 나라가 바로 위쪽이 있는 셈이니 그 아래에 있는 파키스탄이 그 영향을 안 받을 리 없다.

공식적으로는 총기 소유가 불법이지만 그게 지켜질 리 만무하다.

당장 부모님들도 딸을 만나러 갔다가 총으로 협박받아서 그냥 돌아왔다고 하니.

"그래서 안 된다고 하기는 했는데……."

"이건 답이 없네요."

무태식의 말이 맞다.

한국에서 이혼소송을 해서 간다고 해 봐야 그 나라에서 인정해 주지도 않을 테고, 그걸 그 가족들에게 들이밀어 봐야 그날 명예 살인이 일어날 건 뻔한 일.

설사 어떻게 구해 낸다고 해도, 재수 없으면 그 가족들이 기관총을 들고 쫓아와서 총격전이 벌어져도 이상하지 않은 게 파키스탄의 현 상황이다.

"변호사는 무적이 아닌데요."

"흠……."

노형진은 턱을 스윽 문질렀다.

변호사는 무적이 아니다.

한국은 치안이라도 안전하지, 진짜 파키스탄에 갔다가 총 맞으면 보상도 못 받는다.

기본적으로 파키스탄은 여행 자제 지역이기 때문이다.

"혹시 그 지역에 대해서 아는 사람이 있을까요?"

"그런 지역에 대해서 잘 아는 사람이 있을 리가……."

노형진은 문득 말을 멈췄다.

그 지역에 대해서 잘 아는 사람이 딱 한 명 있긴 하기 때문이다.

"하아, 있기는 한데."

"오, 그래요?"

무태식이 환한 얼굴로 말했지만 노형진은 씁쓸했다.

"돈 좀 왕창 깨지게 생겼네요."

⚖

기브 앤드 테이크.

노형진과 남상진의 관계를 표현하자면 딱 그렇다.

악연으로 시작된 노형진과 로비스트 남상진의 관계는 좋아질 가능성이 전혀 없지만, 그렇다고 해서 이용해 먹지 못할 정도도 아닌 애매한 관계다.

"파키스탄?"

"그래. 아는 거 있나?"

"네놈은 별짓거리를 다 하는군. 가 봐야 돈도 안 될 텐데? 몇 푼이나 받을지 모르지만, 포기하는 게 좋을 거다."

"알고는 있지."

이 사건을 해결하는 데 들어가는 돈이 의뢰인이 주는 돈보다 더 많은 건 사실이다.

하지만 그냥 두자니 좀 곤란하다.

"나 돈 많아."

"돈지랄도 가지가지 하는군."

남상진은 더 이상 말하지 않았다.

노형진이 돈지랄한다고 해도 자신에게 돈을 준다면야 뭐라고 할 이유도 없고.

"난 지금까지 파키스탄에 대해서는 좋은 소리를 못 들어서 그러는데, 넌 좀 알 거 아냐? 그래도 화약고 같은 나라니까."

"부정은 하지 않으마."

그는 찰랑거리는 잔에 얼음을 채우고는 브랜디를 따라서 한 번에 쭈욱 들이켰다.

"몇 번 갔다 왔지. 그쪽은 의외로 무기 주문이 많거든."

"그래서?"

"네가 생각하는 만큼 막장은 아니야."

"아, 그래?"

노형진은 속으로 안도의 한숨을 내쉬었다.

그렇게 막장이 아니라면 직접 가서 협상하는 게 가능할지도 모른다고 생각했던 것이다.

그때 남상진이 확실하게 초를 쳤다.

"최소한 대도시는 말이지."

"뭐라고?"

"어떤 나라를 가든 공통점이 뭔지 아나?"

"공통점?"

"시골에 갈수록 꼰대 문화가 강하다는 거야."

"설마?"

"파키스탄도 마찬가지다."

아무리 여행 자제 국가라고 하지만 대도시까지 치안이 개판인 건 아니다.

그러니 대도시에서는 최소한의 안전은 보장된다.

그래서 대도시나 관광지에는 관광객들이 적지 않다.

그러나 도시에서 나가는 순간 상황은 돌변한다.

"시골 지역은 극단적 이슬람 문화가 지배하지. 최소한 사람 취급은 해 주는 도시와 다르게, 그곳에서는 여자를 사람 취급도 해 주지 않는다. 그리고 네가 말한 그곳이…… 헤카체? 그 지역은 벽촌 중에서도 벽촌이지. 그리고 이슬람 극단주의 세력권 중 하나야."

"끄응……."

그러니까 거기에 갔으면 좋은 꼴은 못 당했으리라는 뜻이었다.

당연히 직접 가서 협상으로 데리고 온다는 것도 불가능하다는 소리고.

"파키스탄 남자들과 결혼한다고 해서 다 불행한 건 아니야. 하지만 속아 넘어간 사람은 좀 안 좋지."

"속아 넘어가?"

"그래. 파키스탄에서 결혼한 부부에게 접대받은 적도 있다. 여자는 한국 사람이었고 남편은 한국에 유학 온 남자였다고 하더군."

그들은 결혼해서 파키스탄에서 크게 불편한 것 없이 잘 살고 있다고 했다.

"하긴, 남자의 집안이 잘사니까. 결혼식에 10억 정도 썼다고 하더군. 아내 부모님들한테는 서울에 64평 아파트도 한 채 사 주고."

"허."

"문제는 속은 경우다."

자신이 파키스탄에서 잘산다고 하는 경우나 노동자인데 유학생을 가장한 경우, 그리고 다른 나라 사람이라고 속이는 경우 등 자신을 속이고 결혼하는 남자들이 종종 있다.

"그 여자도 그렇게 당한 경우고."

"끄응……."

"그나마 운이 좋은 거다."

"운이 좋다고?"

"아직 거기에 있다면서? 그러면 최악은 아니야. 최악의 경우 집창촌으로 팔려 가는 여자도 있으니까."

"뭐?"

"설마 그들이 모두 불타는 사랑 때문에 결혼한다고 생각하나? 거기에다 아내가 두 명이나 더 있다면서? 그러면 뻔한 거지."

남상진은 피식하고 비웃었다.

"정말 진정한 사랑으로 결혼했으면 참 좋았겠지만 말이야, 안 그런 경우가 더 많거든."

한국 국적을 취득하기 위해서, 혹은 그냥 돈 욕심에 한국 여자를 꼬시는 남자들도 존재한다는 것이 문제다.

진짜 사랑으로 결혼한다고 해도 문제가 없는 것도 아니고.

"국적 취득에 실패하거나 여자의 집이 돈이 없다고 생각되면 필요 없다고 판단하는 거지."

그러면 그냥 짐이 되는 거다.

그래서 실제로 집창촌에 팔아 버리는 경우도 종종 있다고 한다.

"그렇게 팔려 간 여자도 만나 봤지. 일본 여자더군."

"미친. 그래서?"

"그래서는 무슨 그래서야? 난 다리도 한 짝 없는 여자에게 관심없어."

"다리가 없다고?"

"도망치다가 잡혀서 잘렸다고 하더군."

그 일본 여자도 속아서 결혼했다.

인사드린다고 남자를 따라갔다가 그대로 끌려간 것.

그 뒤 자칭 남편이라는 작자가 돈을 요구했는데, 여자 가족의 집안 사정으로 돈을 받지 못하자 여자를 집창촌에 판 것이다.

"내가 그 여자를 구해 줄 이유는 없지."

"네놈도 미친놈이군."

"네놈처럼 돈지랄하는 거 좋아하는 타입이 아니라서."

잔에 담긴 얼음을 딸깍거리면서 실실 웃는 남상진.

"결론적으로 말해서 파키스탄은 극단적인 나라다. 극단적 빈익빈 부익부. 부자와 결혼하면 땡잡는 거고 가난한 사람한테 속으면 인생은 시궁창행. 우리나라처럼 평균이라는 게 없어."

가난한 나라나 발전되지 않은 대부분의 나라들이 다 그렇듯이 극단적 문화를 가지고 있고 그 차이는 어마어마하다는 것.

"그 헤카체 지역은 빈민 지역에 속하고."

"데리고 올 방법은?"

"간단해. 사 오면 된다."

"뭐?"

"이혼이라도 시키려고? 서류를 내미는 순간 산 채로 타 죽을 거다."

빈정거리면서 말하는 걸 보니 아무래도 진짜인 모양이다.

"결국 모든 건 돈이야. 아까도 말했잖나, 돈이라고."

"큭."

"뭐, 이혼에 따른 배상금이라고 생각하고 돈 던져 주고 와. 그게 제일 깔끔해."

"후우……."

가장 마음에 안 드는 방식이기는 하지만 현 상황에서는 거의 유일한 해결책인 듯했다.

"돈 주고 얻은 것치고는 참 시궁창 같은 조언이군."

남상진은 노형진에게 잔을 들어 보였다.

"그러면 내가 그곳 군부에 있는 사람을 소개시켜 주지."

"군부?"

"혼자 가면 협상은커녕 총 맞을 텐데? 적당한 돈이면 군대도 동원할 수 있지. 후진국의 좋은 점 아니겠어?"

싱글거리는 남상진.

물론 그 적당한 돈은 노형진의 돈일 테지만.

"그리고 조언 하나 해 줄까?"

"무슨 조언?"

"집창촌 좀 털어 봐. 네가 돈 쓸 일이 참 많을 거다."

노형진은 입맛을 씁쓸하게 다실 수밖에 없었다.

⚖

파키스탄은 사막지대다. 그래서 무척이나 덥고 건조하다.

태양 아래에서 노형진과 무태식은 땀을 뻘뻘 흘렸다.

"아사인 씨는 안 더운가 봅니다."

"전 괜찮습니다. 고향이니까요."

아사인.

그는 통역이었는데, 생각하지도 못한 조언을 해 줬다.

"그나저나 염소랑 짐승이 더 싸게 먹힌다는 게 맞나요?"

"네. 헤카체라면 더욱더 그렇지요."

"음……."

그는 노형진이 파키스탄으로 온 이유를 듣고는 돈보다는 짐승을 사서 그걸로 거래하라고 권해 줬다.

"돈은 부피도 작고 무제한으로 들어갑니다. 하지만 짐승은 그들이 욕심을 부려도 가지는 데에 한계가 있지요."

"아아……."

돈으로 거래하려고 하면 더 많이 달라고 할 거라는 것.

하지만 짐승은 부피 때문에 어느 정도 이상은 요구하지 못할 것이라는 게 그의 말이었다.

"우리도 그런 놈들 때문에 머리가 아픕니다."

파키스탄이 아무리 극단적 이슬람 세력권이라고 하지만 이런 식으로 속여서 여자를 데리고 오는 건 좋지 않다.

"하지만 대부분 그렇게 생각하지 않습니다."

대부분의 이슬람 학자나 지역 이슬람 공동체는 외국인 여자들을 성 노예 정도로만 생각한다는 것이 유학파인 아사인의 말이었다.

'현실은 현실이지.'

묘한 나라다.

과거의 망령과 현대의 망령이 공존하는 듯한 나라.

"일단 남상진 말이 맞습니다. 가장 깔끔한 건 돈 주고 사는 겁니다."

"불법 아닌가요?"

"총도 불법입니다."

하지만 주변을 둘러보면 흔하게 총을 들고 다닌다고 하니 치안이 어떤 상황인지 너무 뻔하다.

"일단 시장 가서 양을 사는 게 좋습니다. 가난한 동네 트럭 없습니다. 그래서 양도 없습니다."

"저게 뭔 소리인지 아시겠습니까?"

무태식은 아사인의 말이 이해가 되지 않아 어리둥절했다.

"아마도 가난한 동네는 양을 사도 옮길 방법이 마땅치 않아서 귀하다는 뜻인 것 같은데요."

"아하!"

도시에서 양을 사서 데리고 돌아가려면 몇 날 며칠을 광야를 헤매야 한다.

한두 마리 사자고 그럴 수는 없고, 그렇다고 한꺼번에 많이 사자니 돈이 없다는 것.

"그래서 시골이 양이 더 비싸다는 거군요."

이것이 법이다

양고기를 주로 먹는 이들의 식생활상 양은 필수적인 짐승이다. 그러니 탐이 날 수밖에.

"일단은 양을 최대한 사고 트럭도 확보합시다. 확보하고 군부대의 지원을 받아서 이동하면……."

노형진과 무태식이 이야기하면서 걷던 때였다.

문득 노형진은 한 사람, 아니 여자로 보이는 사람이 물끄러미 자신들을 바라보는 것을 느껴졌다.

"응?"

"왜 그러십니까?"

"저 여자, 아까부터 우리를 보고 있지 않습니까?"

"어? 그런가요?"

무태식이 돌아보자 여자는 황급하게 시선을 돌렸다.

그로써 확실해졌다. 여자는 노형진과 무태식의 말을 알아듣고 있다.

"아니, 왜 우리를 보지?"

"혹시……?"

노형진은 한 가지 가능성을 생각했다.

"한국 사람 아닐까요?"

"한국 사람요?"

"네, 우리말을 알아듣잖아요."

"그런가?"

그녀가 입고 있는 것은 부르카다.

이슬람권 여성의 복장은 기본적으로 몸을 가리는 형식으로, 몇 가지 종류가 있다.

보통 사람들이 아는 히잡은 머리에 쓰는 두건이고, 차도르는 얼굴만 내놓고 전신을 가리는 방식이다.

니캅은 눈을 제외한 전신을 가리는 방식이며, 부르카는 눈 부위를 망사로 처리해서 아예 눈까지 가리는 방식이다.

그리고 그녀가 입은 것은 부르카였다.

"가서 물어볼까요?"

무태식이 혹시나 해서 말을 걸어 보려고 하는 순간 뒤에 오던 아사인이 깜짝 놀라 끼어들며 말렸다.

"아이고, 큰일 납니다."

"네?"

"여기서는 여자한테 말 함부로 거는 거 아닙니다."

"그런가요?"

"남자야 돈 몇 푼으로 해결할 수 있지만 여자는 남자랑 말하면 투석에 죽을 수도 있어요."

"헐."

"이슬람 율법이 그렇습니다. 더군다나 저 여자가 입고 있는 거 부르카 아닙니까? 그러면 남자가 극단주의 쪽이라는 건데…….."

결국 말을 할 수는 없다는 소리다.

노형진은 안타까운 시선으로 그 여자를 바라보았고, 여자도 힘없이 몸을 돌렸다.

"한국인 같은가요?"

"네. 한국어를 알아듣는 것 같더군요."

"음……."

아사인은 잠깐 고민하다가 고개를 끄덕거렸다.

"한국 유학까지 한 처지에 모른 척할 수는 없고."

"네?"

"방법이 있을지도 모릅니다."

"방법이 있어요?"

"네. 이슬람 율법에 따르면 여자 혼자서 여기에 나올 수는 없을 테니까요."

그 말은 이 근방 어디에 남편이나 남편의 남자 형제가 있다는 뜻이다.

"잠시만요."

아사인은 여자의 주변을 돌아다니면서 사람들에게 몇 마디 말을 건네더니 한 남자와 장시간 이야기하기 시작했다.

그리고 좀 시간이 지나자 노형진에게 다가왔다.

"저 사람이 남편입니다."

"그런가요? 여자와 이야기해도 된다고 하던가요?"

"미화로 50달러요."

무태식의 입꼬리가 위로 올라갔다.

50달러. 그 정도면 여기서는 큰돈이다.

"그것도 조용한 곳에서, 자기가 보는 앞에서 할 것이 조건입니다. 어떻게 하실 겁니까?"

그 남자와의 대화를 알아들은 건지, 여자는 우두커니 서서 이쪽을 바라보고 있었다.

부르카로 눈을 가리고 있지만 그 너머에서 느껴지는 강렬한 동질감 때문에 그냥 갈 수가 없었다.

"그러지요."

얼마 후, 남자와 그 아내 그리고 노형진과 무태식은 호텔의 방에서 서로를 마주 보고 있었다.

"머니, 머니."

남자는 일단 돈부터 요구했고, 노형진은 군말하지 않고 돈을 건넸다.

그리고 여자를 보면서 조심스럽게 물었다.

"한국인입니까?"

"네."

울음이 잔뜩 배어 있는 목소리.

말은 짧았지만, 그녀의 감정을 알기에는 충분했다.

"어쩌다 여기에 오게 된 겁니까?"

"흑……."

제대로 대답하지 못하고 눈물만 흘리는 여자.

그렇게 한참이 지나자 갑자기 남편이라는 작자가 끼어들었다.

"머니, 나우!"

"응?"

"이게 무슨……?"

분명 돈을 줬는데 또 달라고 하다니.

두 사람이 어이가 없다는 표정을 짓자 아사인이 잠시 이야기를 나눴다.

그리고 미안한 표정을 지었다.

"10분당 50달러랍니다. 안 주면 데리고 간답니다."

"이런 개 같은……."

무태식은 이를 박박 갈았지만 노형진은 일단 돈을 줬다.

"들으셨지요? 우는 건 마음대로 하실 수 있겠지만 시간이 지나면 우리는 못 도와드립니다."

여자는 힘겹게 울음을 집어삼키고 입을 열었다.

"제발 도와주세요. 제발요. 저 좀 사 주세요, 네? 제발, 제발요. 이렇게 빌게요. 집에 가서 다 갚아 드릴게요."

"사 달라고요?"

"네……. 집에 가면 엄마가 다 주실 거예요. 제발…… 저 좀…… 이 지옥에서 꺼내 주세요."

사 달라는 말에 노형진은 어이가 없었다.

그런데 이어지는 이야기를 듣자 기가 차서 말이 안 나왔다.

"세 번째 남편요?"

"네."

4년 전 속아서 시집왔는데 2년 후에 남편이라는 작자가 자신을 다른 곳에 팔았다는 거다.

그리고 1년 후 또다시 팔리고, 이번이 벌써 세 번째 남편이라는 것.

"어쩌다가요?"

"자기를 터키 사람이라고 했어요."

그래서 터키 사람이라 믿었는데 비행기에서 내려 보니 파키스탄이었던 것.

다시 돌아가려고 했지만 미리 연락받은 남편의 가족들이 강제로 끌고 와서 돌아갈 수도 없었다는 것이다.

"가족들은요? 아니…… 뻔하군요."

바깥에 나가는 것도 이렇게 통제한다면 가족들에게 말을 할 수 있는 기회가 있었을 리 없다.

'얼마 전에 여자가 핸드폰을 가지고 있다고 산 채로 화형에 처했다던가?'

그런데 가족들에게 연락할 수 있었을 리 없다.

"후우……."

무태식은 분노에 찬 시선으로 남자를 노려보았지만 남자는 싱글거리면서 웃을 뿐이었다.

"아사인 씨, 사정 들으셨죠?"

"네."

"협상 부탁드립니다."

못 봤다면 모를까 도와 달라고, 살려 달라고 하는데 안 된다고 할 수는 없다.

협상은 채 10분도 안 걸렸다.

"3천 달러."

"허?"

터무니없는 가격이다.

물론 사람의 가격을 매길 수는 없는 노릇이지만 듣기로는 1천에 샀다던가?

"그 돈을 주지 않으면 다른 데에 팔겠다는데요?"

"하아……."

노형진은 동의할 수밖에 없었다.

무태식 역시 불만으로 가득했지만 로마에 가면 로마법에 따르라고 했다.

여기 법이 인신매매를 인정하는지는 모르겠지만.

"가서 여권을 가지고 오라고 하세요. 그러지 않으면 돈은 없습니다."

그 말을 전하자 히죽거리면서 자기 품 안에서 여권을 꺼내는 남자.

여자가 도망칠까 봐 아예 여권을 들고 다녔던 것이다.

"가서 돈 좀 찾아오세요."

"그러지요."

무태식은 바깥으로 나가서 돈을 찾아왔고, 돈을 챙긴 남자는 바로 나가려고 했다.

"아, 잠깐."

아사인은 그런 그를 잡고 노형진을 바라보았다.

"혹시 동영상 촬영되십니까?"

"네, 그런데요?"

"그러면 지금 하는 거 찍으세요."

"뭘요?"

"일단 찍으세요."

아사인의 말에 무태식과 노형진은 일단 핸드폰을 들고 동영상 촬영을 시작했다.

아사인은 남자에게 뭔가를 요구했고, 남자는 불만에 찬 표정을 하더니 결국 몸을 돌려서 여자에게 뭐라고 했다.

그러자 그 말을 들은 여자는 갑자기 주저앉아서 오열하기 시작했고 남자는 불만으로 가득한 얼굴로 바깥으로 나가 버렸다.

"내가 저럴 줄 알았다."

"무슨 일이 벌어진 겁니까?"

"율법에 따른 이혼 절차입니다."

"네?"

"이슬람 율법에 따르면, 이혼하려면 남자는 여자에게 이혼하겠다는 말을 세 번 해야 합니다. 그렇게 되면 이유야 어떻든 간에 이혼이 성립되지요."

"허어?"

생각지도 못한 규칙이었다.

하지만 그다음 말은 더 어이가 없었다.

"저놈, 돈 받고 그냥 나가려고 했지요?"

"네."

"나가서 바로 샤리아 경찰을 데리고 오려고 한 겁니다. 율법상 이혼한 상태가 아니니 우리는 저 여자를 빼앗겼을 테고요."

노형진은 아차 싶었다.

여기는 한국이 아닌 파키스탄이다. 자신의 법적 지식이 소용이 없는 곳.

그런 곳에서 방심하다니.

"그럼 아까 그건?"

"이혼하자는 말을 세 번 한 겁니다. 그걸 동영상으로 찍어 놨으니 이제 완전히 이혼한 게 되는 거죠."

그리고 그걸 들은 여자는 드디어 자유의 몸이 된 것을 느끼면서 울음을 터트린 것이다.

"큰 실수를 할 뻔했네요."

"여기는 파키스탄이니까요."

아사인은 씁쓸하게 말했다.

"없다고요?"

노형진은 일단 구조한 여자를 한국 대사관에 맡기고 의뢰를 수행하러 왔다.

하지만 그 집에 도착했을 때 남자는 천연덕스럽게 여자가 이곳에 없다고 했다.

그리고 그 말을 통역한 아사인은 진땀을 뻘뻘 흘렸다.

"이혼했답니다. 그 후에 어디로 갔는지는 모른답니다."

"그래요?"

노형진은 그렇게 말하는 남자를 뚫어지게 바라보았다.

하지만 남자의 눈에 흐르는 탐욕을 보고는 고개를 흔들었다.

'이혼? 개 같은 소리 하고 자빠졌네.'

아마도 일이 귀찮게 될 것 같으니 어디론가 팔아 버렸을 가능성이 크다.

　지난번에 부모가 왔을 때 돈을 줬다면 보내 줬을지도 모르지만, 안 주니까 가치가 없다고 생각했을 가능성이 크다.

　"그래요? 그러면 돌아가지요."

　노형진은 더 이상 말하지 않았다. 그저 조용히 몸을 돌렸을 뿐이다.

　그러자 그 앞을 자칭 전 남편과 형제들이 가로막았다.

　"기회를 달라. 시간을 주면 어디로 갔는지 알아봐 주겠다."

　"기회?"

　노형진은 피식 웃었다.

　안 봐도 뻔하다.

　눈앞에 있는 수십 마리의 양 떼를 보자 눈깔이 돌아간 것이다.

　"필요 없습니다. 우리가 직접 알아보지요."

　노형진은 그들을 스쳐 지나가려고 했다.

　그러자 형제 몇몇이 눈짓을 주고받는 게 보였다.

　그리고 그들의 시선이 한쪽 벽장으로 쏠렸다.

　노형진과 무태식 역시 그 눈빛을 알아챌 수 있었다.

　"우리를 어떻게 해 보시려고요?"

　노형진은 빙긋 웃었다.

　이 정도는 예상했다.

애초에 수십 마리의 양을 데리고 여기까지 왔으니 자신들을 죽이고 그걸 꿀꺽하면 모를 수 있지도 않을까 하고 생각해 보지 않았을 리가 없다.

"우리야 죽일 수도 있겠지만, 바깥에서 우리를 기다리는 군인들은 어쩔 겁니까?"

"……."

남상진이 소개시켜 준 군벌은 노형진에게 돈을 받고 무려 1개 소대를 장갑차에 태워서 보내 줬다.

이들이 어떤 무장을 하고 있든 그들을 이길 방법은 요원하다.

"군벌의 명령을 이행하지 못한 저들이 멀쩡하려면 당신들의 모가지를 가지고 가야 할 텐데요?"

그냥 고용한 용병이라면 아마도 죽이고 서로 양 떼를 나누는 것으로 합의할 수도 있을 것이다.

하지만 명백하게 상급자에게게서 내려온 명령이다.

그걸 지키지 못하면 군인으로서 엄청난 처벌은 피할 수가 없다.

"크음……."

자칭 남편과 그 형제들은 서로를 바라보았다.

"시간을 주면……."

"필요 없습니다."

노형진은 선을 딱 그었다.

안 봐도 뻔하다. 어디론가 팔아먹었을 것이다.

그리고 그들이 멀리에 팔아먹을 가능성은 만무하다.

교통도 개판이고 차도 없으니 이 주변을 뒤지면 나올 것이다.

저들에게 양을 주고 알아 오라고 하느니 지금 남편(?)인 다른 사람에게 바로 주고 사 오는 게 나을 것이다.

"가지요."

"그러지요."

무태식과 함께 집에서 나오는 내내 탐욕으로 가득한 시선이 등에 꽂혀 왔지만 노형진은 철저하게 무시했다.

"어디로 팔았을까요?"

"이 주변일 겁니다."

아사인은 주변을 둘러보면서 말했다.

"차가 없으니까요."

만일 차가 있었다면 다른 먼 곳에 팔았을 가능성도 있지만 일단 저들에게는 차가 없다. 있는 거라고는 말뿐.

그렇다면 아무리 멀어도 하루 거리 이상은 되지 않을 것이다.

"근처의 대도시에서 팔았을 가능성도 있겠지요?"

"그럴 가능성도 충분히 있습니다."

그러면 폭이 너무 넓어진다.

더군다나 이 근처라고 해서 쉬운 것도 아니다.

저들은 방목을 하면서 살아간다. 다시 말해서 한 가구가 어마어마한 넓이의 땅을 차지한다는 뜻이다.

'한국처럼 주소 기록이 있을 리도 없으니.'

결국 남은 건 주변을 이 잡듯이 뒤지는 것뿐이다.

차라리 평야라면 쉬울 텐데, 이 지역은 평야 지대도 아니다.

아마도 곳곳을 뒤지는 데에 상당히 오랜 시간이 걸릴 것이다.

"일단 오늘은 돌아갑시다. 그리고 주변을 돌아보면서 찾아보도록 하지요. 주변에 양을 두어 마리 주면서 부탁하면 안내해 줄 겁니다."

물론 저들에게 양을 주면서 찾아 달라고 할 수도 있다.

하지만 그렇게 하면 도리어 그들이 허튼짓을 할 수도 있다. 감춰 두고 더 많은 재산을 요구한다거나.

"돌아가지요."

"네."

노형진과 무태식은 호텔로 돌아가서 이제 어떻게 해야 하나 생각하면서 서로 이런저런 이야기를 하고 있었다.

그때 누군가 문을 두들기는 소리가 났다.

"누구십니까?"

자신을 찾아올 사람이 없기 때문에 노형진은 조심스럽게 물었다.

아사인은 확실하게 집에 갔고, 달리 올 사람이 없으니까.

그런데 문 너머에서 들려온 것은 능숙한 영어였다.

"실례합니다. 여기 노형진이라는 분과 무태식이라는 분이 계신가요?"

"그런데 누구시지요?"

"로빈 위들턴이라고 합니다. 다큐멘터리 감독입니다만."

"다큐?"

노형진은 저 사람을 아느냐는 표정으로 무태식을 바라보았지만, 그 역시 모른다는 의미로 고개를 흔들었다.

"무슨 일 때문에 그러시죠?"

"실종된 신부에 관해서 알고 있는 게 있어서요."

노형진은 황급하게 문을 열었다.

거기에는 갈색 머리카락을 가진 건장한 남자가 서 있었다.

"노형진 씨?"

"네. 그런데 실종된 신부라는 게 우리가 찾는 그 사람이 맞나요?"

"아마도요."

"일단 들어오시죠."

노형진이 문을 열자 그는 조심스럽게 안으로 들어왔다.

"이렇게 갑자기 찾아와서 죄송합니다."

"아닙니다. 안 그래도 사람이 사라져서 찾아야 하는 상황이었거든요. 그런데 우리는 어떻게 아신 겁니까?"

"아사인의 동생이 저와 함께 일하거든요."

그러니까 아사인의 동생이 그와 함께 일하는데, 아사인에게서 노형진에 대해 듣고 마침 비슷한 일을 하는 로빈 위들턴에게 이야기해 주었다는 것이다.

"그러면 위들턴 씨가 하는 일은 뭐기에?"

"로빈이라고 불러 주십시오. 에…… 아까도 말씀드렸다시피 다큐 감독입니다."

"다큐?"

"네. 여행 중 실종된 여성을 추적하는 다큐를 찍고 있습니다."

"실종된 여성요?"

"네."

그는 자신이 하는 일에 대해서 차분히 이야기했다.

그는 여행 중 우연히 실종된 여성에 대한 이야기를 들었다.

보통 치안이 좋지 않은 곳을 여행하던 여성이 갑자기 사라지는 사건이었는데, 얼마 전 로더럼 사건을 수사하는 걸 취재하던 중 정보를 잡았다는 것이다.

'아…… 로더럼…….'

원래 역사에서는 몇 년 더 있다가 터지지만 노형진 때문에 올해 터져서 영국이 뒤집힌 사건.

그 사건을 아마 개인적으로 추적했던 모양이다.

"그곳에 있던 파키스탄 노동자가 그러더군요. 영국인 여성 두 명을 파키스탄의 사창가에서 봤다."

"네?"

그건 생각지도 못한 말이었다.

"설마요!"

"설마가 아니지요. 그럴 가능성은 충분합니다. 치안이 좋지는 않잖습니까?"

"음……."

무태식도 고개를 끄덕거렸다.

과거에 노형진은 여행 중 인신매매당한 여성을 구하는 작전을 한 적이 있었다.

그때도 표적이 된 건 혼자 또는 두 명 정도로 여행하는 약한 여성 집단이었다.

"영국인이라고 해서 달라질 건 없겠군요."

무태식이 그 이야기를 해 주자 노형진도 고개를 끄덕거릴 수밖에 없었다.

"한국에서도 비슷한 사건이 있었나 보군요."

"네. 그때는 가족들에게 돈을 요구하는 거였지만요."

"아, 그런 경우도 있기는 하지요. 하지만 이번에는 돈을 요구하는 게 아니라서요."

자국민 여성이 납치되어 집창촌에서 강제로 일하고 있다는 것은 이만저만 큰 사건이 아니다.

"특히 지금의 영국에는 심각한 문제일 겁니다."

영국에서 로더럼 사건을 일으킨 주요 세력은 파키스탄인들이다.

그런데 자국 내에서 영국인을 납치해서 그런 범죄까지 저지른다면, 영국 정부는 어떻게 해서든 구해야 한다는 소리가 된다.

"그래서 그걸 추적하고 있었습니다. 돈이 떨어지기 전까지는요."

머리를 북북 긁는 로빈.

"그러면 우리가 찾는 사람을 봤다는 건?"

"확실한 건 아닙니다. 이 지역과 이 주변 지역의 사창가를 제가 뒤졌는데, 그중에서 동양계 여성을 여럿 봤습니다."

동양계라면 한국인일 수도, 중국인일 수도, 일본인일 수도 있다.

어느 쪽이든 심각한 문제다.

"그리고 추적해서 한 명의 영국인 여성이 여기에 있는 걸 알아냈는데⋯⋯."

그는 목소리를 낮췄다.

"벨 사이먼이라고, 사이먼 백작가의 여식입니다."

"사이먼 백작가요?"

"네. 영국은 아직 귀족제가 남아 있으니까요."

물론 영국의 귀족제가 과거 봉건제도처럼 철저한 건 아니다.

하지만 최소한 영국에서 귀족이라는 타이틀이 붙어 있다는 것은 영국 정부 내부에서 상당한 권력가라는 뜻이다.

더군다나 세습 귀족인 백작이라면 전통과 역사까지 가지고 있으니.

"사이먼 백작가에는 현 노동부 차관과 외교부 장관보가 포함되어 있지요. 만일 이 건이 제대로 터지면⋯⋯."

"골 때리겠군요."

아마도 영국은 지난번 사건과 더불어서 파키스탄과 극단

적으로 척지게 될 것이 뻔했다.

"다른 한 명은요?"

"애석하게도 제가 찾아갔을 때는 다른 곳을 팔려 갔더군요. 팔려 간 곳은 알고 있기는 한데⋯⋯."

그 말을 듣던 노형진은 고개를 갸웃했다.

그런 거라면 자신에게 와서 말할 게 아니라 영국 대사관에 신고해야 하는 일 아닌가?

"영국 대사관에 신고해서 구조 요청을 해야 하지 않나요?"

"그러면 좋겠지만 여기는 파키스탄 아닙니까? 믿을 수가 있어야 말이지요."

"네?"

"영국이 직접 무력을 투사할 수가 없지 않습니까?"

"아아⋯⋯."

영국 대사관에 이야기하면 영국 대사관은 파키스탄 정부에 항의할 테고, 파키스탄 정부는 경찰에 이야기할 것이 뻔하다.

그런데 파키스탄 경찰의 부패는 상당히 심각하다.

그러니 중간에 어디선가 이야기가 새어 나갈 가능성이 아주 높다.

"아마 구출도 되기 전에 다른 곳으로 팔려 가거나 죽을 가능성이 큽니다."

"음⋯⋯."

노형진은 그 말을 부정할 수가 없었다.

그럴 가능성은 충분하다.

더군다나 영국 귀족가의 사람인 그녀가 진짜로 발견되면 파키스탄 정부로서도 상당히 곤혹스러울 수밖에 없다.

"때마침 노형진 씨와 무태식 씨가 사람을 찾는다고 들었습니다."

"그렇지요. 그러면 같이 찾자 이건가요?"

"비슷합니다."

"비슷하다고 하시면……?"

"혹시 인신매매해 보실 생각 있습니까?"

두 사람은 멍하니 로빈을 바라보았다.

인신매매라니? 자신들이 무슨 인신매매를 한단 말인가?

"아! 오해하셨네요. 진짜로 인신매매를 하시라는 게 아닙니다. 여기에서 팔리고 있는 다수의 외국인 여성을 구하자는 거죠."

"우리한테 팔까요?"

"그래서 여쭙는 겁니다. 아는 사람을 포섭해 놨는데 원한다면 전면에 나서 주기로 했습니다. 물론 돈을 요구하기는 했지만……."

로빈의 계획은 간단했다.

직접 구하려고 하면 쉽지 않을 게 분명하다.

낯선 존재인 자신들이 접근하면 의심할 테고, 가서 돈 주고 사려고 해도 팔려고 하지 않을 것이다.

"하지만 이쪽은 극도의 이슬람 문화가 지배하는 곳이거든요."

그래서 가끔 성 노예를 돈으로 사려고 하는 사람이 있다는 것.

"그러니까 성 노예를 사는 것으로 꾸미고 사람들을 사 모으자?"

"음……."

확실히 좋은 방법이기는 하다.

구조 작전을 하자니 다른 나라라서 자국 세력이 들어오기 힘들고, 로빈의 말대로 신고해 봐야 구조되기 전에 팔려 가거나 죽을 수도 있는 일이다.

'거기에다 여기에 몇 명이나 있는지도 모르지.'

일단 자신은 한 명을 구하러 온 것이지만 더 많은 한국 사람이 있을 수도 있다.

지난번에도 얼떨결에 한 명을 구했으니 다른 사람이 또 없으라는 법은 없다.

"그리고 돈 문제 같은 건, 아마 일단 구한 다음에 자국 내 가족에게 요청하면 어지간하면 주지 않을까 생각합니다만."

노형진이 고민하는 듯하자 로빈은 슬쩍 돈 문제를 꺼냈다.

"아니, 돈 문제 때문은 아닙니다."

노형진은 조용히 고개를 흔들었다.

"이참에 영국에 은혜를 입혀 두는 것도 좋지 않겠습니까?"

"은혜라……."

노형진은 피식 웃었다.

'하긴, 로더럼 사건은 내가 나선 게 아니니까.'

공식적으로 로더럼 사건은 노형진이 아니라 대룡에서 해결한 사건이다.

영국과 유럽에 진출하기 위해서 이름을 알릴 필요가 있었기 때문이다.

'뭐, 손해 보는 건 없겠군.'

일단 무작정 실종된 사람을 찾는 것보다는 확률적으로 성공 가능성이 훨씬 높은 데다가 다른 사람도 구할 수 있다.

그리고 한국인 외에 다른 나라의 사람들도 있을 수 있으니까.

"그렇게 하지요. 그러면 그 사람을 만나 볼 수 있을까요?"

자신을 대신해서 여자들을 사 모을 그 사람이 누군지 노형진은 궁금했다.

⚖️

라픽은 화려한 복장을 입고 사람들 앞에 서 있었다.

원래 제법 살 만한 형편이던 라픽의 집은 투자가 망하면서 큰 손해를 봤다.

그래서 그 손해를 복구할 방법을 찾던 중 로빈을 만나 그의 계획에 가담하게 된 것이다.

그 대신에 적지 않은 돈을 받기로 하고 말이다.

"여기 노형진이라는 분이 함께 가실 겁니다."

"절 못 믿는 건가요?"

라픽은 불편한 얼굴이 되었다.

로빈은 그런 라픽을 잘 설득했다.

"못 믿는 게 아니라, 다른 나라 사람들을 당신이 잘 알아보지 못할까 봐 그러는 겁니다."

"음……."

"이번 계획은 최대한 구입할 수 있는 데까지 구입하는 겁니다. 무슨 뜻인지 아시죠?"

"뭐, 그건 어렵지 않지요."

부잣집에서 어린 시절을 보낸 그였기에 신분에 따른 대응법 따위는 너무나 잘 알고 있었다.

"그리고 한국인과 영국인은 무조건 사야 합니다. 아시죠?"

"알고 있지요. 도대체 몇 번을 말합니까?"

"그만큼 중요해서 그런 겁니다."

"그런 건 다 좋은데, 이 남자가 어떻게 따라온단 말입니까? 동양인 남자가 따라오면 대번에 의심할 텐데."

"아, 그거요?"

로버트는 씨익 웃으면서 옷 한 벌을 건넸다.

"이걸 입고 따라갈 겁니다."

"헐."

그걸 본 라픽은 어이가 없어 입을 떡 벌렸다.

'와, 이거 드럽게 불편하네.'

부르카를 입은 노형진은 푹푹 찌는 더위에 죽을 것 같았다.

'그래도 절대 걸리지 않는다고 하니…….'

부르카는 눈까지 가린 옷이다. 그러니 딱 봐서는 남자인지 여자인지 한눈에 알 수가 없다.

무태식이 입자니 무태식은 누가 봐도 '나는 남자입니다.'라는 신체 라인을 가지고 있는 사람이라 불가능했고, 로빈이 입자니 로빈 역시 전형적인 서구인 체형이라 입고 있으면 의심받기 딱 좋았다.

'결국 나여야 한다는 건 이해하겠는데…….'

로빈은 다큐 감독이라 그런지 구출 장면을 어떻게 해서든 찍고 싶어 했다.

그래서 노형진에게 안경 형식으로 된 몰래카메라를 주고 부르카를 입은 채 내부에서 찍어 달라고 부탁한 것이다.

조금 시선을 가리겠지만, 그래도 중요한 부분이 아니던가.

'나도 그냥 기다리는 것보다는 나을 테지.'

그래서 노형진은 부르카를 입고 안에는 안경을 쓰고 조용히 라픽을 따라왔다.

경호 병력 역시 비싼 옷을 사서 경호원으로 바꿔 놨으니 문제 될 것은 없었다.

이 정도 경호원을 데리고 다니는 부자는 많으니까.

"이쪽으로 오십시오, 헤헤헤."

라픽을 본 다른 사람들은 별 의심 없이 그를 부자로 대우
했다.

"원하는 노예가 있으시면 얼마든지."

"난 흔한 노예를 원하지 않는다. 다른 세계에서 온 노예를
원한다."

"다른 세계요?"

"그래. 숫자는 얼마든지 좋다. 다른 사람들에게 보여 줄
만한 가치가 있는 노예가 필요하다."

"아……."

성적 취향이 특이한 사람들은 여럿이 있다.

특히나 외국에서 공부하고 온 부자들은 외국인 노예를 선
호하는 성향이 있는 것도 사실이다.

그래서 그렇게 생각한 브로커는 고개를 끄덕거렸다.

"좋은 여자들이 있습니다."

"그럼 한번 보여 주도록."

"알겠습니다."

브로커는 노형진과 라픽을 데리고 집창촌 안쪽으로 들어
갔다.

다행히 그는 여자 복장을 하고 있는 노형진을 의심하지 않
았다. 아니, 의심은커녕 사람으로도 취급하지 않았다.

'절대 걸리지 않을 거라고 했던가?'

라픽의 말에 따르면 파키스탄 남자라면 목이 잘리는 한이 있어도 여자 옷인 부르카를 입을 리는 없으니 입만 열지 않으면 걸리지는 않을 거라고 했다.

그런데 여자는 남자에게 먼저 말을 걸기는커녕 대답조차도 못 하게 되어 있으니 걸릴 가능성이 낮아진다.

"여기에 쓸 만한 여자가 있습니다."

"쓸 만한 여자라 하면?"

"아주 특색이 있지요, 헤헤헤."

작은 판잣집의 문을 열고 들어가는 브로커.

라픽과 함께 그를 따라 들어간 노형진은 그 안의 모습을 보고 소름이 돋아서 부르르 떨 수밖에 없었다.

'이런 미친 새끼들.'

하마터면 비명이 절로 나올 뻔했다.

그럴 수밖에 없는 게, 안에는 동양인 여자가 있었는데 팔과 다리가 잘린 상태였던 것이다.

"이 계집은 뭐야?"

"일본이라는 나라에서 온 계집입니다. 자꾸 도망가려고 해서 팔과 다리를 잘라 냈습니다. 당연히 저항도 못 하니 품에 안기에 아주 좋지요."

눈을 반짝이는 브로커.

노형진은 당장이라도 저 새끼를 쏴 죽이고 싶다는 생각을 했다.

다행히 그런 마음을 안 건지 라픽이 대신 화를 냈다.

물론 그 이유는 전혀 다르지만.

"장난하나?"

"히이익!"

라픽의 칼이 허리춤에서 나와서 브로커의 목에 닿았다.

물론 장식용 칼에 지나지 않았지만 날을 갈아 둔 건지 날 카롭기 그지없었다.

"내가 지금 몸뚱이만 남은 인형을 보러 온 거라 생각하나?"

"아…… 아니, 그게…….."

"보아하니 제정신도 아닌 것 같은데, 지금 나한테 쓰레기를 팔겠다 이건가?"

"아…….."

라픽이 진심으로 화내는 듯하자 브로커는 부들부들 떨었다.

"다른 여자도 마음에 들지 않으면 네놈 사지도 저렇게 될 거다."

"네…… 알겠습니다."

라픽은 그렇게 말하면서 다시 칼을 칼집에 넣었다. 그러면서 노형진을 바라보았다.

일본인이라는 여자는 척 봐도 사지가 정상이 아니고 정신도 정상이 아닌 듯 끊임없이 뭐라고 중얼거리고 있었다.

그걸 사도 되느냐는 질문을 그는 시선으로 보냈고, 노형진은 고개를 살짝 끄덕거렸다.

"흠, 저 여자도 사도록 하지."

"네? 아까는 안 사신다고……?"

"마음에 안 든다고 했지, 안 산다고는 안 했다. 사지가 없어서 버둥거리지도 못하는 계집도 나름 특이할 것 같군. 내가 원하는 건 어디까지나 특이한 거니까."

"아…… 그러면 이건…… 2천……."

말을 하던 남자는 고개를 스윽 숙였다.

라픽의 손이 다시 칼 쪽으로 향하는 걸 보았기 때문이다.

"사지도 멀쩡하지 않은 여자이니 1천 정도면 되겠네요, 하하하."

"나한테 장난치려고 하지 마라. 네놈 따위는 쥐도 새도 모르게 죽일 수가 있어."

"네…… 네……."

라픽이 계산을 치르자 당혹스러운 표정이 된 경호원, 아니 군인 한 명이 정신 나간 여자를 들쳐 메고는 바깥으로 나가 아래로 내려갔다.

내려가면 아마 무태식과 로빈이 받아 줄 것이다.

"미친 새끼."

다른 여자를 알아본다면서 브로커가 나간 방향을 보며 라픽은 나지막하게 중얼거렸다.

"이런 꼴일 줄은 몰랐군요."

"충격적이네요."

"저런 놈들 때문에 수많은 무슬림들이 욕먹는 겁니다."

라픽은 눈을 찡그렸다.

그 자신도 충실한 무슬림이지만 이건 무슬림이 아니라 인간으로서는 해서는 안 되는 일이었다.

"우리가 모르는 사이에 세상은 미쳐 날뛰고 있군요."

노형진은 씁쓸하게 말했다.

그러고 보니 회귀 전 미국에서 발표된 비공식 자료가 생각났다.

비공식적으로 전 세계에 성 노예만 28만 명이라던가?

더 충격적인 것은 그 안에 미국에서부터 캐나다, 영국, 프랑스 같은 선진국들까지 포함되어 있다는 것이다.

한국조차 포함될 지경이었으니.

'인간은 어찌…….'

노형진은 촬영 중인 것도 잊고 고개를 흔들 수밖에 없었다.

"최대한 빨리 구해야겠군요."

라픽은 아까와 다르게 서두르기 시작했다.

만일 다른 사람도 있다면 저런 꼴을 당하지 말라는 법이 없었기 때문이다.

"준비가 다 되었습니다."

그러는 사이 브로커가 안으로 들어왔다.

그는 라픽과 노형진을 데리고 어디론가 향했다. 다른 곳보다 좀 더 좋고 화려한 모양새를 하고 있는 건물이었다.

"이곳에 특상품이 있습니다."

"특상품?"

"네, 한국이라는 나라와 영국의 상품입니다."

노형진의 심장이 미친 듯이 뛰기 시작했다.

한국과 영국. 자신들이 찾는 표적들의 국적이다.

"건물이 화려하군."

"특상품이니까요."

브로커는 잠긴 문을 열고 안으로 들어갔다.

그리고 화려하게 치장된 집 안에서 한쪽을 가리켰다.

"보십시오. 특상품 아닙니까? 여기서는 좀처럼 볼 수 없는 특상품들입니다."

그들과 눈이 마주친 노형진은 침을 꿀꺽 삼켰다.

'그들이다.'

자신이 찾던 여자. 그리고 누가 봐도 영국계로 보이는 금발의 백인 여자.

'아마도 저 여자가 벨 사이먼이겠지.'

둘 다 정신이 혼미한 듯 보였다.

정확하게 말하면 포기한 듯한 표정이었다.

하긴, 납치당해서 여기까지 팔려 왔으니 무슨 생각이 있겠는가. 그저 포기할 뿐.

"좋군. 마음에 들어."

라픽도 표적에 대해서 이야기를 듣고 사진도 봤기 때문에 그들이 주요 표적인 걸 알고 있었다.

"둘 다 사도록 하지."

흡족한 표정으로 말하는 라픽.

"둘은 얼마지?"

"좀 비쌉니다. 한국인 계집은 들어온 지 얼마 되지 않았고, 영국인 계집은 워낙 보기 힘든 금발에 파란 눈이라 둘 다 못해도 4천 달러 이상은 주셔야……."

라픽이 브로커와 협상하는 사이, 노형진은 자신도 모르게 고개를 숙이고 있는 여자에게 다가갔다.

자신이 이렇게 될 줄 몰랐던 여자는 과연 어떤 기분일까?

포기한 기분? 절망? 아니면…….

'어?'

갑자기 뭔가 휙 움직인 느낌이었다.

뭔가 펄럭하는 것 같더니 뒤에서 누군가가 자신을 잡는 느낌이 들었다.

그러더니 부르카 너머로 날카로운 느낌이 흘러들어 왔다.

"꼼짝 마! 움직이면 이 여자를 죽여 버릴 거야!"

찢어지는 듯한 고함 소리.

모두의 시선이 그쪽으로 향했다.

벨 사이먼이 날카로운 칼을 노형진의 목에 들이밀고 있었다.

"움직이면 이 여자는 죽는다!"

벨의 최후의 발악.

벨은 노형진의 목에 칼을 댄 채로 소리를 질러 댔다.

'이건 뭐야, 염병할……'

노형진의 구출 작전 계획이 단단히 틀어지기 시작했다.

다음 권으로 이어집니다

200평 초대형 24시 만화방

- 수면실 (침대식) — 사우나석
- 다인석 — 샤워실
- 세탁기 — 신간100%

📖 수원 인계동점

- ● 나혜석거리
- ● 농협
- ● CGV
- ● 수원시청역 ⑧
- 무비 사거리
- 소주한잔 건물 24시 만화방 3F
- 홍콩반점
- 홈플러스

TEL : 031-226-3771
수원시 팔달구 인계동 1041-11 3층 24시 만화방

📖 의정부점

- 의정부역 ④ ⑤
- 흥선지하도
- ◀서울방향
- 진성약국
- 던킨도넛츠
- 24시 만화방 3F

TEL : 031-856-3971
경기도 의정부시 의정부동 197-13 3층

📖 주안점

- 주안 남부역
- ◀제물포
- 민병철 어학원
- 간석동▶
- 25시 만화방 6F

TEL : 032-426-2871
인천광역시 주안남부역 지하상가 4번 출구 GS25시 건물 6층

📖 안양점

- ● 안양역
- 육교
- ◀관악역
- 명학역▶
- ● 농협
- 24시 만화방 2F
- 안양일번가

TEL : 031-466-3771
경기도 안양시 안양동 674-163 죠이당구장건물 2층

조선생님 판타지 장편소설
ROK FANTASY STORY

역대급 창기사의 회귀

'급'의 차이를 보여 줄 창기사가 돌아왔다!
『역대급 창기사의 회귀』

첩의 자식으로 태어나
창 하나로 오랜 내전을 종식시켰으나
믿었던 황제와 동료들에게 살해당한 조슈아

눈을 떠 보니 어린 시절로 돌아와
기쁨에 차 복수를 꿈꾸지만……
황제의 음모는 이미 시작되고 있었다!

놈이 눈치채기 전에 대륙을 평정해야 한다!
올겨울, 당신의 예상마저 뒤엎을
무패의 기사의 대역전극이 펼쳐진다!

갑질하는 영주님

장대수 퓨전 판타지 장편소설
ROK FUSION&FANTASY STORY

『디 임팩트』『더 프레지던트』의 **장대수** 신작
중독성 **갑**, 재미의 **갑질**이 시작된다!

외계인의 침략에 맞서다
워프기 속에서 산산이 분해된 민병대장 박현성
푸른 눈의 어리고 약한 소년 영주
이안으로 깨어나다!

뭐, 빚쟁이 영지에 꼭두각시 영주라고?

뿌리부터 썩은 영지를 바꿔라!
탐관오리들에겐 몽둥이찜질을 내리고
영지를 노략질하던 해적은 털어먹고
사람 목숨 가지고 노는 흑마법사에겐
가차 없는 참교육과 죽음을!

고대 유령의 검술, 각성한 워프 능력!
약한 영주 이안에서 강한 영주 이안까지!